台灣の讀者の皆さんへのコメント

海を越えて旅したことのない私の書いた小說が、
海を越えて多くの讀者の皆樣のもとに届いていることを、
心から嬉しく思っています。
この作品も、どうぞお樂しみいただけますように！

致親愛的台灣讀者

從未出國旅行的我，
這次很高興自己寫的小說能跨海與許多讀者見面，
希望這部作品能帶給您無上的閱讀樂趣。

宮部みゆき

Miyabe Miyuki
宮部美幸
李彥樺 譯

人質卡農。

人質カノン

宮部美幸

作品集／71

MIYABE MIYUKI

人質卡農

Contents

導讀——張亦絢

進入「宮部美幸館」，就是進入最具原創力與當下性的新新羅浮宮

宮部美幸並不是不容錯過的推理作家——她是不容錯過的作家。她不只值得我們在休閒時光中，一飽推理之福，也為眾人締造了具有共同語言的交流平台，讓我們得以探討當代的倫理與社會課題。

在這篇導讀中，我派給自己的任務，是在高達六十餘部作品中，挑出若干作品，介紹給兩類讀者，一是還未開始閱讀宮部美幸者；一是面對她龐大的創作體系，雖曾閱讀一二，但對進一步涉獵，感到難有頭緒的讀者。

入門：名不虛傳的基本款

在入門作品上，我推薦《無止境的殺人》、《魔術的耳語》與《理由》。《無止境的殺人》：對於必須在課業或工作忙碌時間中，抽空閱讀的讀者，短篇集使我們可以自行調配閱讀的節奏——小說其實具備我們在小學時代都曾拿到過的作文題目旨趣：假如我是×××——本作可看成「假如我是某某某的錢包」的十種變奏。擬人化的錢包是敘述者。如何在看似同一主題下，變化出不同的內容，本作也有「趣味作文與閱讀」的色彩，是青春期讀者就適讀的想像力之作。短篇進階則推《希望莊》。從短篇銜接至較易讀的長篇，《逝去的王國之城》則是特

別溫馨的誠摯之作。

《魔術的耳語》：這雖不是作者的首作，但卻是作者在初試啼聲階段，一鳴驚人的代表作。北上次郎以〈閱讀小說的最高幸福〉讚譽，我隔了二十年後重讀，依然認爲如此盛讚，並非過譽。媚工、心智控制、影像——分別代表了古老非正式的「兩性常識」、傳統學科心理學或醫學、以至商業新科技三大面向的操縱現象及後遺症——這三個基本關懷，會在宮部往後的作品，比如《聖彼得的送葬隊伍》中，不斷深入。雖是作者的原點之作，也已大破大立。

《理由》：與《火車》同享大量愛好者的名作；雖然沒有明顯資料顯示，是枝裕和的《小偷家族》受到《理由》一書的影響，但兩者除了有所相通，寫於一九九九年的《理由》更是充分顯露宮部美幸高度預見性天才的作品。住宅、金融與土地——社會派有興趣的主題，偶爾會得到若干作家略嫌枯燥的處理——《理由》則以「無論如何都猜不到」的懸疑與驚悚，令人連一分鐘也不乏味地，就看完了批判經濟體系的上乘戲劇。說它是「推理大師爲你／妳解說經濟學」，還是稍微窄化了這部小說。除了推理經典的地位之外，也建議讀者在過癮的解謎外，注意本作中，無論本格或社會派中，都較少使用的荒謬諷刺手法。

冷門？尺度特別的奇特收穫

接著我想推三部有可能「被猶豫」的作品，分別是：《所羅門的僞證》、《落櫻繽紛》、與《蒲生邸事件》。

《所羅門的僞證》：傳統的宮部美幸迷，都未必排斥她的大長篇，比如若干《模仿犯》的讀者非但不抱怨長度，反而倍受感動。分成三部、九十萬字的《所羅門僞證》可能令人遲疑，節奏太慢？眞有必要？事實上，後兩部完全不是拖拉前作的兩度作續，三部都是堅實縝密的推理。最後一部的模擬法庭，更是將推理擴充至校園成長小說與法庭小說的漂亮出擊：宮部美幸最厲害的「對腦也對心說話」，更是發揮得淋漓盡致。此作還可視爲新世紀的「青春冒險小說」。說到冒險，過去的未成年人會漂到荒島或異鄉，然而現代社會的面貌已大爲改變：最危險的地方，就在「哪都不能去」的學校家庭中。誰會比宮部美幸更適合寫青春版的「環遊人性八十天」？少年少女之於宮部美幸，恰如黑猩猩之於珍古德，或工人之於馬克斯，三部曲可說是「最長也最社會派的宮部美幸」。

《落櫻繽紛》：「療癒的時代劇」，本作的若干讀者會說。但我有另個大力推薦的理由，我認爲，這是通往，小說家從何而來的祕境之書。除了書前引言與偶一爲之的書名，宮部美幸鮮少吊書袋。然而，若非讀過本書，不會知道，她對被遺忘的古書與其中知識的領悟與珍視。如果想知道，小說家讀什麼書與怎麼讀，本書絕對會使你／你驚豔之餘，深受啓發。

《蒲生邸事件》：儘管「蒲生邸」三字略令人感到有距離，然而，融合奇幻、科幻、歷史、愛情元素的本作，卻可說是一舉得到推理圈內外矚目，極可能是擁護者背景最爲多元的名盤。如果對「二二六事件」等歷史名詞卻步，可以完全放下不必要的擔憂。跳脫了「你非關心不可」與「你知道也沒用」兩大陣營的簡化教條，這本小說才會那麼引人入勝。我會形容本書是「最特殊也最親民的宮部美幸」。

以上三部，代表了宮部美幸最恢宏、最不畏冷門與最勇於嘗試的三種特質，它們有那麼一點點專門的味道，但絕對値得挑戰。

中間門：看似一般的重量級

最後，不是只想入門、也還不想太過專門——介於兩者之間的讀者，我想推薦《誰？》、《獵捕史奈克》與《三鬼》三本。

《誰？》：小編輯與大企業的千金成婚，隨時被叫「小白臉」的杉村三郎成爲系列作中，業餘到專業的偵探。看似完全沒有犯罪氣氛的日常中，案中案、案外案——至少有三案會互相交織連鎖——其中還包括一向被認爲不易處理的陳年舊案。喜歡生活況味與懸疑犯罪的兩種讀者，都容易進入；宮部美幸還同時展現了在《樂園》中，她非常擅長的親子或手足家庭悲劇。動機遠比行爲更值得了解——這不但是推理小說的法則，也是討論道德發展的基本認識：不是故意的犯罪、不得已的犯罪與不爲人知的犯罪，爲何發生？又如何影響周邊的人？除了層次井然，小說還帶出了「少女勞動者會被誰剝削？」等記憶死角。儘管案案相連，殘酷中卻非無情，是典型「不犯罪外，也要學會自我保護與生活」的「宮部伴你成長」書。

《獵捕史奈克》：主線包括了《悲嘆之門》或《龍眠》都著墨過的「復仇可不可？」問題。節奏快、結局奇，曾在《魔術的耳語》中出現的「媚工經濟」，會以相反性別的結構出現。本作是在各種宮部之長上，再加上槍隻知識的亮眼佳構。光是讀宮部美幸揭露的「槍有什麼」，就已值回票價——何況還有離奇又合理的布局，使得有如公路電影般的追逐，兼有動作片與心理劇的力道。雖然不同年齡層的男人互助，也還是宮部美幸筆下的風景，但此作中宮部美幸對女性的關愛，已非零星或一閃而過，而有更加溢於言表的顯現。

《三鬼》：《本所深川不可思議草紙》的細緻已非常可觀，《三鬼》驚世駭俗的好，並不只是深刻運用恐怖與妖怪的元素。它牽涉到透過各式各樣的細節，探討舊日本的社會組織與內部殖民。以兼作書名的〈三鬼〉一篇爲例，從窮藩栗山藩到窮村洞森村，令人戰慄的不只是「悲慘世界」，而是形成如此局面背後「不知不動也不思」的權力系統。這是在森鷗外〈高瀨舟〉與〈山椒大夫〉譜系上，更冷峻、更尖銳也可說更投入的揭露——看似「過去事」，但弱勢者被放逐、遺棄、隔離並產生互殘自噬的課題，可一點都不「過去式」。雖然此作最令我想出聲驚呼「萬萬不可錯過」，不代表其他宮部的時代推理，未有其他不及詳述的優點。

透過這種爆發力與續航性，宮部美幸一方面示範了文學的敬業；在另方面，由於她的思考結構具有高度的獨立性與社會批判力，也令人發覺，她已大大改寫了向來只強調「服從與辦事」的「敬業」二字的涵意。在不知不覺中，宮部美幸已將「敬業」轉化爲一系列包含自發、游擊、守望相助精神的傳世好故事。

進入「宮部美幸館」，就是進入最具原創力與當下性的新新羅浮宮。

本文作者簡介

張亦絢

巴黎第三大學電影及視聽研究所碩士。早期作品，曾入選同志文學選與台灣文學選。另著有《我們沿河冒險》（國片優良劇本佳作）、《晚間娛樂：推理不必入門書》、《小道消息》、《看電影的慾望》，長篇小說《愛的不久時：南特／巴黎回憶錄》（台北國際書展大賞入圍）、《永別書：在我不在的時代》（台北國際書展大賞入圍）。二〇一九起，在BIOS Monthly撰寫影評專欄「麻煩電影一下」。

總導讀　傅博

宮部美幸的推理文學世界「增補版」

日本當代國民作家宮部美幸

近年來在日本的雜誌上，偶爾會看到尊稱宮部美幸爲國民作家。怎樣才能榮獲這個名譽呢？好像沒有確切的答案，然而綜觀過去被尊稱爲國民作家的作家生涯便不難看出國民作家的共同特徵。

明治維新（一八六八）一百多年以來，被尊稱爲國民作家的爲數不多，夏目漱石和吉川英治是最早期的國民作家。夏目漱石是純文學大師，其作品具大眾性，一九一六年逝世至今，已歷九十年，其作品在書店仍然可見，代表作有《我是貓》、《少爺》等等。吉川英治是大眾文學大師，其作品有濃厚的思想性，對二次大戰戰敗的日本國民發揮了鼓舞的作用，其著作等身，代表作有《宮本武藏》、《新・平家物語》等等。

屬於戰後世代的國民作家有松本清張和司馬遼太郎。松本清張是社會派推理文學大師，其寫作範圍十分廣泛，除了推理小說之外，對日本古代史研究、挖掘昭和史等，留下不可磨滅的貢獻。司馬遼太郎是歷史文學大師，早期創作時代小說，之後撰寫歷史小說和文化論。這兩位作家的共同特徵是，著作豐富、作品領域廣泛、質與量兼俱。他們的思想對一九六〇年代後的日本文化發揮了影響力。

上述四位之外，日本推理小說之父江戶川亂步、時代小說大師山本周五郎，以及文學史上創作量最多、男女老少人人喜愛的赤川次郎也榮獲國民作家的尊稱。

綜觀以上的國民作家，其必備條件似乎是著作豐富、多傑作；作品具藝術性、思想性、社會性、娛樂性、普遍性；讀者不分男女，長期受到廣泛的老、中、青、少、勞動者以及知識分子的閱讀。

宮部美幸出道至今未滿二十年，共出版了四十三部作品，包括四十萬字以上的巨篇八部、長篇二十四部、中篇集四部、短篇集十三部，非小說類有繪本兩冊、隨筆一冊、對談集一冊。以平均每年出版兩冊的數量來說，在日本並非多產作家，但是令人佩服的是，其寫作題材廣泛、多樣，品質又高，幾乎沒有失敗之作。所獲得的文學獎與同世代作家相較，名列第一，該得的獎都拿光了。質的成功與量成比例，是宮部美幸文學的最大武器，也是獲得國民作家之稱的最大因素。

宮部美幸，本名矢部美幸，一九六〇年十二月二十三日生於東京都江東區深川。東京都立墨田川高中畢業之後，到速記學校學習速記，並在法律事務所上班，負責速記，吸收了很多法律知識。一九八四年四月起在講談社主辦的娛樂小說教室學習創作。

一九八七年，〈鄰人的犯罪〉獲第二十六屆《ALL讀物》推理小說新人獎，〈鎌鼬〉獲第十二屆歷史文學獎佳作。一位新人，同年以不同領域的作品獲得兩種徵文比賽獎項實爲罕見。

前者是透過一名少年的觀點，以幽默輕鬆的筆調記述和舅舅、妹妹三人綁架小狗的計畫所引發的意外事件，是一篇以意外收場取勝的青春推理佳作，文風具有赤川次郎的味道。後者是以德川幕府時代的江戶（今東京）爲時空背景的時代推理小說。故事記述一名少女追查試刀殺人的凶手之經過，全篇洋溢懸疑、冒險的氣氛。

要認識一位作家的本質，最好的方法就是閱讀其全部的作品。當其著作豐厚，無暇全部閱讀時，則是先閱讀其處女作，因爲作家的原點就在處女作。以宮部美幸爲例，其作品裡的偵探，不管是系列偵探或個案偵探，很少是職業偵探，大多是基於好奇心，欲知發生在自己周遭的事件眞相，而做起偵探的業餘偵探，這些主角在推理小說是少年，在時代小說則是少女。其文體幽默輕鬆，故事收場不陰冷而十分溫馨，這些特徵在其雙線處女作之中已明顯呈現。

繼處女作之後的作品路線，即須視該作家的思惟了；有的一生堅持一條主線，不改作風，只追求同一主題，日本的推理小說家大多屬於這種單線作家——解謎、冷硬、懸疑、冒險、犯罪等各有專職作家。

另一種作家就不單純了，嘗試各種領域的小說，屬於這種複線型的推理作家不多，宮部美幸即是罕見的複線型全方位推理作家。她發表不同領域的處女作——推理小說和時代小說——同時獲得肯定，登龍推理文壇之後，此雙線成爲宮部美幸的創作主軸。

一九八九年，宮部美幸以《魔術的耳語》獲得第二屆日本推理懸疑小說大獎，拓寬了創作路線，由此確立推理作家的地位，並成爲暢銷作家。

宮部美幸作品的三大系統

這次宮部美幸授權獨步文化出版社，發行台灣版「宮部美幸作品集」二十七部（二十三部中有四部分爲上下兩冊），筆者以這二十三部爲主，按其類型分別簡介如下。

要完整歸類全方位作家宮部美幸的作品實非易事，然其作品主題是推理則毋庸置疑。筆者綜合故事的時空背景以及現實與非現實的題材，將它分爲三大系統。第一類爲推理小說，第二類時代小說，第三類奇幻小說，而每系統可再依其內容細分爲幾種系列。

一、推理小說系統的作品

宮部美幸的出道與新本格派崛起（一九八七年）是同一時期，早期作品除可能受此影響之外，文體、人物設定、作品架構等，可就是受到赤川次郎的影響了。所以她早期的推理小說大多屬於青春解謎的推理小說；許多短篇沒有陰險的殺人事件登場，大多是以日常生活中的家庭糾紛爲主題，屬於日常之謎系列的推理小說不少。屬於本系列的有：

1.《鄰人的犯罪》（短篇集，一九九〇年一月出版）收錄處女作以及之後發表的青春推理短篇四篇。早期推理短篇的代表作。

2.《完美的藍——阿正事件簿之一》（長篇，一九八九年二月出版／獨步文化版．宮部美幸作品集01——以下只記集號）「元警犬系列」第一集。透過一隻退休警犬「阿正」的觀點，描述牠與現在的主人——蓮見偵探事務所調查員加代子——的辦案過程。故事是阿正和加代子找到離家出走的少年，在將少年帶回家的途中，目睹高中棒球明星球員（少年的哥哥）被潑汽油燒死的過程。在搜查過程中浮現的製藥公司的陰謀是什麼？「完美的藍」是藥品名。具社會派氣氛。

3.《阿正當家——阿正事件簿之二》（連作短篇集，一九九七年十一月出版／16）「前警犬系列」第二集。收錄〈動人心弦〉等五個短篇，在第五篇〈阿正的辯白〉裡，宮部美幸以事件委託人登場。

4.《這一夜，誰能安睡？》（長篇，一九九二年二月出版／06）「島崎俊彥系列」第一集。透過中學一年級生緒方雅男的觀點，記述與同學島崎俊彥一同調查一名股市投機商贈與雅男的母親五億圓後，接獲恐嚇電話、父親離家出走等事件的眞相，事件意外展開、溫馨收場。

5.《少年島崎不思議事件簿》（長篇，一九九五年五月出版／13）「島崎俊彥系列」第二集。在秋天的某個晚上，雅男和俊男兩人參加白河公園的蟲鳴會，主要是因爲雅男想看所喜歡的工藤小姐一眼，但是到了公園門口，卻碰到殺人事件，被害人是工藤的表姊，於是兩人開始調查眞相，發現事件背後的賣春組織。具社會派氣氛。

6.《無止境的殺人》（長篇，一九九二年九月出版／08）將錢包擬人化，由十個錢包輪流講自己所見的主人行爲而構成一部解謎的推理小說。人的最大欲望是金錢，作者功力非凡，藉由放錢的錢包揭開十個不同的人格，而構成解謎之作，是一部由連作構成的異色作品。

7.《繼父》（連作短篇集，一九九三年三月出版／09）「繼父系列」第一集。一個行竊失風的小偷，摔落至一對十三歲雙胞胎兄弟家裡，這對兄弟的父母失和，留下孩子各自離家出走，於是兄弟倆要求小偷當他們的爸爸，否則就報警，將他送進監獄，小偷不得已，承諾兄弟倆當繼父。不久，在這奇妙的家庭裡，發生七件奇妙的事件，他們全力以赴解決這七件案件。典型的幽默推理小說集。

8.《寂寞獵人》（連作短篇集，一九九三年十月出版／11）「田邊書店系列」第一集。以第三人稱多觀點記述在田邊舊書店周遭所發生的與書有關的謎團六篇。各篇主題迥異，有命案、有日常之謎、有異常心理、有懸疑。解謎者是田邊舊書店店主岩永幸吉和孫子稔。文體幽默輕鬆，但是收場不一定明朗，有的很嚴肅。

9.《誰？》（長篇，二〇〇三年十一月出版／30）「杉村三郎系列」第一集。今多企業集團會長今多嘉親之司機梶田信夫被自行車撞死，信夫有兩個未出嫁的女兒，聰美與梨子。梨子向今多會長提議，要出版父親的傳記，以找出嫌犯。於是，今多要求在集團廣報室上班的女婿杉村三郎協助姊妹倆出書事務。聰美卻反對出書，杉村認爲兩姊妹不睦，藏有玄機，他深入調查，果然……

10.《無名毒》（長篇，二〇〇六年八月出版／31）「杉村三郎系列」第二集。今多企業集團廣報室臨時僱用的女職員原田泉與總編吵架，寄出一封黑函後，即告失蹤。原田的性格原來就稍有異常，今多會長要求杉村三郎調查眞相。杉村到處尋找原田的過程中，認識曾經調查過原田的私家偵探北見一郎，之後杉村在北見家裡遇到「隨機連環毒殺案」第四名犧牲者的孫女古屋美知香，於是捲入毒殺事件的漩渦中。杉村探案的特徵是，在今多會長叫他處理公務上的糾紛過程中，因其正義感使他去解決另外的事件。

以上十部可歸類爲解謎推理小說，而從文體和重要登場人物等來歸類則是屬於幽默推理、青春推理爲多。屬於這個系列的另有以下兩部。

11.《地下街的雨》（短篇集，一九九四年四月出版／66）。

12.《人質卡農》（短篇集，一九九六年一月出版／71）。

以下九部的題材、內容比較嚴肅，犯罪規模大，呈現作者的社會意識。有懸疑推理、有社會派推理、有報導文體的犯罪小說。

13.《魔術的耳語》（長篇，一九八九年十二月出版／02）獲第二屆日本推理懸疑小說大獎的社會派推理傑作。三起看似互不相干的年輕女性的死亡案件，和正在進行的第四起案件如何演變成連續殺人案。十六歲的少年日下守，爲了證實被逮捕的叔叔無罪，挑戰事件背後的魔術師的陰謀。宮部美幸早期代表作。

14.《Level 7》（長篇，一九九〇年九月出版／03）一對年輕男女在醒來之後失去記憶，手臂上被印上「Level 7」；一名高中女生在日記留下「到了 Level 7 會不會回不來」之後離奇失蹤。尋找自我的男女，和尋找失蹤女高中生的眞行寺悅子醫師相遇，一起追查 Level 7 的陰謀。兩個事件錯綜複雜，發展爲殺人事件。宮部後期的奇幻推理小說的先驅之作、早期代表作。

15.《獵捕史奈克》（長篇，一九九二年六月出版／07）持散彈槍闖入大飯店婚宴的年輕女子關沼慶子、欲利用慶子所持的槍犯案的中年男子織口邦男、欲阻止邦男陰謀的青年佐倉修治、欲去探望臥病妻子的優柔寡斷的神谷尚之、承辦本案的黑澤洋次刑警，這群各有不同目的的人相互交錯，故事向金澤之地收束。是一部上乘的懸疑推理小說。

16.《火車》（長篇，一九九二年七月出版）榮獲第六屆山本周五郎獎。停職中的刑警本間俊介受親戚栗坂和也之託，尋找失蹤的未婚妻關根彰子，在尋人的過程中，發現信用卡破產猶如地獄般的現實社會，是一部揭發社會黑暗的社會派推理傑作，宮部第二期的代表作。

17.《理由》（長篇，一九九八年六月出版）二〇〇一年榮獲第一百二十屆直木獎和第十七屆日本冒險小說協會大獎。東京荒川區的超高大樓的四十樓發生全家四人被殺害的事件。然而這被殺的四人並非此宅的住戶，而這四人也不是同一家族，沒有任何血緣關係。他們為何偽裝成家人一起生活？他們到底是什麼人？又想做什麼？重重的謎團讓事件複雜化，事件的眞相是什麼？一部報導文學形式的社會派推理傑作。宮部第二期的代表作。

18.《模仿犯》（百萬字長篇，二〇〇一年四月出版）同時榮獲第五十五屆每日出版文化獎特別獎，二〇〇二年同時榮獲第五屆司馬遼太郎獎和二〇〇一年度藝術選獎文部科學大臣獎文學部門獎。在公園的垃圾堆裡，同時發現女性的右手腕與一名失蹤女性的皮包，不久凶手打電話到電視公司和失主家中，果然在凶手所指示的地點發現已經化為白骨的女性屍體，是利用電視新聞的劇場型犯罪。不久，表面上連續殺人案一起終結，之後卻意外展開新局面。是一部揭發現代社會問題的犯罪小說，宮部文學截至目前為止的最高傑作，推理文學史上的不朽名著。

19.《R．P．G》（長篇，二〇〇一年八月出版／22）在食品公司上班的所田良介於杉並區的建築工地被刺死，在他的屍體上找到三天前在澀谷區被絞殺的大學女生今井直子身上所發現的同樣纖維，於是兩個轄區的警察組成共同搜查總部，而曾經在《模仿犯》登場的武上悅郎則與在《十字火焰》登場的石津知佳子連袂登場。是一部現今在網路上流行的虛擬家族遊戲為主題的社會派推理小說。

宮部美幸的社會派推理作品尚有：

20.《刑警家的孩子》（長篇，一九九〇年四月出版／65）。

21.《不需要回答》（短篇集，一九九一年十月出版／37）。

二、時代小說系統的作品

時代小說是與現代小說和推理小說鼎足而立的三大大眾文學。凡是以明治維新之前爲時代背景的小說，總稱爲時代小說或歷史・時代小說。

時代小說視其題材、登場人物、主題等再細分爲市井、人情、股旅（以浪子的流浪爲主題）、劍豪、歷史（以歷史上的實際人物爲主題）、忍法（以特殊工夫的武鬥爲主題）、捕物等小說。

捕物小說又稱捕物帳、捕物帖、捕者帳等，近年推理小說的範疇不斷擴大，將捕物小說稱爲時代推理小說，歸爲推理小說的子領域之一。捕物小說的創作形式是日本獨有，其起源比日本推理小說早六年。一九一七年，岡本綺堂（劇作家、劇評家、小說家）發表《半七捕物帳》的首篇作〈阿文的魂魄〉，是公認的捕物小說原點。

據作者回憶，執筆《半七捕物帳》的動機是要塑造日本的福爾摩斯——半七，同時欲將故事背景的江戶的人情和風物以小說形式留給後世。之後，很多作家模仿《半七捕物帳》的形式，創作了很多捕物小說。

由此可知，捕物小說與推理小說的不同之處是以江戶的人情、風物爲經，謎團、推理爲緯而構成的小說。因此，捕物小說分爲以人情、風物爲主，與謎團、推理取勝的兩個系統。前者的代表作是野村胡堂的《錢形平次捕物帳》，後者即以《半七捕物帳》爲代表。

宮部美幸的時代小說有十一部，大多屬於以人情、風物取勝的捕物小說。

22.《本所深川不可思議草紙》（連作短篇集，一九九一年四月出版／05）「茂七系列」第一集。榮獲第十三屆吉川英治文學新人獎。江戶的平民住宅區本所深川，有七件不可思議的事象，作者以此七事象爲題材，結合犯罪，構成七篇捕物小說。破案的是回向院捕吏茂七，但是他不是主角，每篇另有主角，大多是未滿二十歲的少女。以人情、風物取勝的時代推理佳作。

23.《幻色江戶曆》（連作短篇集，一九九四年八月出版／12）以江戶十二個月的風物詩爲題，結合犯罪、怪異構成十二篇故事。以人情、風物取勝的時代推理小說。

24.《最初物語》（連作短篇集，一九九五年七月出版，二〇〇一年六月出版珍藏版，增補一篇作品／21）「茂七系列」第二集。以茂七爲主角，記述七篇茂七與部下系吉和權三辦案的經過，作者在每篇另有記述與故事沒有直接關係的季節食物掌故，介紹江戶風物詩。人情、風物、謎團、推理並重的時代推理小說。

25.《顫動岩——通靈阿初捕物帳1》（長篇，一九九三年九月出版／10）「阿初系列」第一集。破案的主角是一名具有通靈能力的十六歲少女阿初，她看得見普通人看不見的東西，而且一般人聽不到的聲音也聽得到。某日，深川發生死人附身事件，幾乎與此同時，武士住宅裡的岩石開始顫動。這兩件靈異事件是否有關聯？背後有什麼陰謀？一部以怪異取勝的時代推理小說。

26.《天狗風——通靈阿初捕物帳2》（長篇，一九九七年十一月出版／15）「阿初系列」第二集。天亮颳起大風時，少女一個一個地消失，十七歲的阿初在追查少女連續失蹤案的過程中遇到邪惡的天狗。天狗的眞相是什麼？其陰謀是什麼？也是以怪異取勝的時代推理小說。

27.《糊塗蟲》（長篇，二〇〇〇年四月出版／19．20）「糊塗蟲系列」第一集。深川北町的鐵瓶大雜院發生殺人事件後，住民相繼失蹤，是連續殺人案？抑或另有陰謀？負責辦案的是怕麻煩的小官井筒平四郎，協助他破案的是聰明的美少年弓之助。本故事架構很特別，作者先在冒頭分別記述五則故事，然後以一篇長篇與之結合，構成完整的長篇小說。以人情、推理並重的時代推理傑作。

28.《終日》（長篇，二〇〇五年一月出版／26・27）「糊塗蟲系列」第二集。故事架構與第一集一樣，在冒頭先記述四則故事，然後與長篇結合。負責辦案的是糊塗蟲井筒平四郎，協助破案的除了弓之助之外，回向院茂七的部下政五郎也登場，作者企圖把本系列複雜化，或許將來作者會將幾個系列納爲一大系列。也是人情、推理並重的時代推理小說。

以上三系列都是屬於時代推理小說。案發地點都在深川，但是每系列各具特色，有以風情詩取勝，也有以人際關係取勝，也有怪異現象取勝，作者實爲用心良苦。宮部美幸另有四部不同風格的時代小說。

29.《扮鬼臉》（長篇，二〇〇二年三月出版／23）深川的料理店「舟屋」主人的獨生女阿鈴發燒病倒，某日一個小女孩來到其病榻旁，對她扮鬼臉，之後在阿鈴的病榻旁連續發生可怕又可笑的不可思議的事，於是阿鈴與他人看不見的靈異交流。一部令人感動的時代奇幻小說佳作。

30.《怪》（奇幻短篇集，二〇〇〇年七月出版／67）。

31.《鎌鼬》（人情短篇集，一九九二年一月出版／69）。

32.《忍耐箱》（人情短篇集，一九九六年十一月出版／41）。

33.《孤宿之人》（長篇，二〇〇五年出版／28・29）。

三、奇幻小說系統的作品

史蒂芬・金的恐怖小說和奇幻小說《哈利波特》成爲世界暢銷書後，原處於日本大眾文學邊緣的奇幻小說獲得成長發展的機會，漸漸確立其獨立地位，而宮部美幸的奇幻小說就在這欣欣向榮的機運中誕生。她的奇幻作品特徵是超越領域與推理小說結合。

34.《龍眠》（長篇，一九九一年二月出版／04）榮獲第四十五屆日本推理作家協會獎的長篇獎。週刊記者高坂昭吾在颱風夜駕車回東京的途中遇到十五歲的少年稻村愼司，少年告訴記者：「我具有超能力。」他能夠透視他人心理，愼司爲了證明自己的超能力，談起幾個鐘頭前發生的事件眞相，從此兩人被捲入陰謀。是一部以超能力爲題材的奇幻推理傑作，宮部早期代表作。

35.《十字火焰》（長篇，一九九八年十一月出版／17・18）青木淳子具有「念力放火」的超能力。有一天她撞見了四名年輕人欲殺害人，淳子手腕交叉從掌中噴出火焰殺害了其中的三個人，另一個逃走了。勘查現場的石津知佳子刑警，發現焚燒屍體的情況與去年的燒殺案十分類似。也是一部以超能力爲題材的奇幻推理大作。

36.《蒲生邸事件》（長篇，一九九六年十月出版／14）榮獲第十八屆日本SF大獎。尾崎孝史爲了應考升學補習班上京，其投宿的飯店發生火災，因而被一名具有「時間旅行」的超能力者平田次郎搭救到一九三六年二月二十六日的二・二六事件（近衛軍叛亂事件）現場，兩名來自未來的訪客能否阻止起義而改變歷史？也是一部以超能力爲題材的奇幻推理大作。

37.《勇者物語——Brave Story》（八十萬字長篇，二〇〇三年三月出版／24・25）念小學五年級的三谷亘的父母不和，正在鬧離婚，有一天他幻聽到少女的聲音，決心改變不幸的雙親命運，打開幽靈大廈的門，進入「幻界」到「命運之塔」。全書是記述三谷亘的冒險歷程。一部異界冒險小說大作。

除了以上四部大作之外，屬於奇幻小說的作品尚有以下四部：

38.《鳩笛草》（中篇集，一九九五年九月出版／70）。

39.《僞夢1》（中篇集，二〇〇一年十一月出版）。

40.《僞夢2》（中篇集，二〇〇三年三月出版）。

41.《ICO——霧之城》（長篇，二〇〇四年六月出版）。

以上三十九部是小說。另有四部非小說類從略。

如此將宮部美幸自一九八六年出道以來，一直到二〇〇五年底所出版的作品，歸類爲三系統後，再按時序排列，便很容易看出作者二十年來的創作軌跡，也可預見今後的創作方向。請讀者欣賞現代，期待未來。

二〇〇七・十二・十二

本文作者簡介

傅博

文藝評論家。另有筆名島崎博、黃淮。一九三三年出生，台南市人。於早稻田大學研究所專攻金融經濟。在日二十五年以島崎博之名撰寫作家書誌、文化時評等。曾任推理雜誌《幻影城》總編輯。一九七九年底回台定居。主編「日本十大推理名著全集」、「日本推理名著大展」、「日本名探推理系列」以及「日本文學選集」（合計四十冊，希代出版）。二〇〇九年出版《謎詭・偵探・推理——日本推理作家與作品》（獨步文化），是台灣最具權威的日本推理小說評論文集。

人質卡農

1

一萬圓紙鈔和五千圓紙鈔有多重？一公克嗎？嗯，應該沒有吧。五百毫克？只不過是兩張薄薄的紙，搞不好更輕。逸子走下車站階梯，一邊想著這個問題。今晚花掉的錢，全部加起來有幾克？

或許是喝醉酒的關係，腦袋昏昏沉沉，沒辦法好好思考。走下最後一階，忽然一陣寒風撲面而來。逸子一個踉蹌，背部撞在車站的牆壁上。

（遠山逸子今天喝得爛醉如泥……）

逸子喃喃自語，嘿嘿笑了兩聲。她用力站穩腳步，朝著住處的公寓前進。從車站到公寓大約是十五分鐘的路程，今天走起來卻感覺特別遙遠。

總務課的女職員每到歲末往往會私下提早舉行忘年會，如今已成爲公司的慣例。今年的負責人是川田聰美，以及進公司不滿一年的女孩。在她們的安排與聯絡下，今天舉辦了一場相當盛大的餐會。

每個人都交了高額的參加費，但餐會一點也不有趣。這恐怕是大夥共同的心聲吧。眾人的臉上彷彿都寫著這句話，比妝容上的眼線更清晰可辨。逸子不知不覺喝得太多，大概也是這個緣故。

從車站走到逸子所住的公寓，要彎過四個轉角。第一個轉角，是一家每天晚上九點打烊的便當店。第二個轉角，是一家每天直到深夜，鐵捲門內依然常傳出引擎聲的修車廠。不過，修車廠熄掉招牌燈光的時間也很早，因此入夜後這條路上幾乎沒有行人，放眼望去，除了路燈之外也沒有其他燈光。

逸子並不害怕走夜路，也不曾遭遇什麼危險的狀況。這一帶是老社區，居民幾乎都是長年居住在此的老面孔，鮮少像逸子這樣住在出租公寓裡的外地人。正因外地人不多，治安不錯。

不過，老社區也有缺點，就是老人多。畢竟很多人在當地住了一輩子，這也是理所當然的現象。

說起老人，逸子想到一件有趣的事。兩個月前，逸子和今天一樣搭最後一班電車回家，經過這附近，突然有個身材嬌小、穿白色圍裙的大嬸跑過來，上氣不接下氣地詢問逸子有沒有看見一個老爺爺。

「那是我的公公，他有失智症，經常三經半夜在外頭遊蕩。」

大嬸露出一臉不知如何是好的表情。逸子回答沒看見，大嬸道了謝，旋即朝著車站的方向奔去。

數天後，逸子到超級市場買東西，又看見了那個大嬸。她牽著一名矮小的駝背老人，在零食區挑選巧克力。那老人一手握著大嬸的手，另一手拿著紅色的玩具喇叭。他不時將玩具喇叭放在嘴裡吹，簡直像幼稚的孩童。

（照顧失智老人眞是辛苦……）

逸子想起故鄉的雙親，不禁有些憂鬱。

彎過第三個轉角，前方出現一條小型的商店街。這時已是凌晨一點，絕大部分的店家都已打烊。但除了路燈及販賣香菸、飲料的自動販賣機之外，前方有一塊區域亮著燈光，那是一家二十四小時營業的便利商店。在靜謐昏暗的街道上，便利商店的招牌異常明亮。玻璃牆環繞的店內，隱約可見人影走動。其中一道背影，是身穿黃色制服的店員，另外還有兩、三名客人。

這家便利商店的店名有點好笑，叫「Q＆A」。雖然是連鎖店，但在業界的規模挺小，逸子從來不曾在其他地方看見相同名稱的便利商店。

如今眼前的這家店，經營的狀況似乎也不是很好。雖然不是完全沒客人，跟那一頭的

「7－11」和這一頭的「MINISTOP」相比，仍顯得冷清。

即使如此，逸子走近「Q＆A」的照明燈光時，依舊忍不住想進去買一點東西。事實上，這樣的心情並非只出現在今晚。每一次逸子與朋友喝酒聚餐後，回家路上一定會踏進「Q＆A」。最大的理由，或許就在於時機吧。每次跟朋友胡鬧一整晚，回家前總會覺得有一點嘴饞。這家便利商店就在逸子回家途中，佔了地利之便，雖然賣的品項不多，逸子就是會忍不住想走進去。

自動門發出「唰」一聲滑開。

「歡迎光臨。」

站在櫃檯裡的店員立即喊道。店員十分年輕，似乎是新面孔，看起來像是打工的學生，在這裡工作應該還不到半個月吧。

店員專心整理著收據存根，逸子兀自逛了起來。由於店裡開了暖氣，原本凍僵的手指和臉頰逐漸有了暖意。購物籃跟店員的制服一樣是鮮黃色，她拿了一個，將提包揹在肩上，邁步前進。門口的右手邊有座書架，擺著各種雜誌，左手邊是放著洗髮精、清潔劑等日用品。想起家裡的衛生紙所剩不多，她從架子上拿起一包四入的衛生紙。每次到超級市場，除非遇上大特價，否則她不會輕易購買衛生紙或清潔劑。爲什麼每當家裡存量不多，又剛好在便利商店裡看見時，就會毫不猶豫地放進購物籃？逸子自己也感到不可思議。

走到店內深處擺放冷凍食品的玻璃櫥櫃前，逸子發現另一頭的轉角站著一個男人。男人穿著深灰色的成套西裝，手臂上掛著一件大衣，正在瀏覽架上的零食。他的眼神非常認真，彷彿要買的不是零食而是一棟房子。身材微胖、頭髮半白，逸子任職的公司裡也有不少像這樣的中階主管。大叔的臉孔泛紅，不時用力眨著惺忪睡眼，一看就知道已喝得醉醺醺。

不過是挑選洋芋片，何必這麼認眞？逸子心裡明白，那多半是醉漢的共同特徵「糾纏不清」吧。在那大叔的腦海裡，多半正滔滔不絕地數落著「山葵牛肉口味」或「北海道奶油口味」的缺點。

店內的走道狹窄，要是勉強通過，不經意碰到大叔的袖子什麼的，搞不好大叔的注意力會轉移到逸子身上。一旦被那布滿血絲、殺氣騰騰的雙眼盯上，恐怕會相當麻煩。雖然大叔背後的冷藏櫃裡有逸子想買的牛奶，但現在似乎不是拿牛奶的好時機。逸子小心翼翼地轉身，避免跟酒醉大叔的視線對上，改從旁邊的走道，回到結帳櫃檯附近。

就在這時，自動門開啓，響起刺耳的聲音。逸子抬起頭，店員喊了一聲「歡迎光臨」。門口走進一個身高約莫只到逸子肩膀的少年。看起來應該是國中一年級，頂多二年級吧。體型纖瘦，戴著一副黑框的大眼鏡。少年看也沒看店內的客人一眼，目光隨意掃過雜誌架，就走向櫃檯右側。那邊的架子上擺的是三明治、便當等熟食。

逸子露出微笑。

這孩子也是常客，連同今晚在內，應該遇過五、六次了吧。儘管不知道名字，卻是熟面孔。在便利商店裡，這樣的情況一點都不稀奇。另外還有幾個人，也是逸子眼熟的常客。眼鏡弟弟似乎是每天讀書到三更半夜的國中生。多半是媽媽不肯幫忙準備宵夜，所以出來買東西吃吧。

眼鏡弟弟瀏覽架上的三明治之際，逸子通過櫃檯前方，來到放著布丁和果凍的保鮮盒前。盒裡的商品幾乎都賣光了，只剩下兩個看起來奶油已變硬的「布丁百匯」。

逸子盯著布丁嘆氣，眼鏡弟弟已選好三明治，快步走向後方。剛剛那個雙眼充血的中階主管就佇立在那裡。逸子也很想走過去拿牛奶，但不願靠近大叔。就在逸子拿不定主意的時候，眼鏡弟弟剛好成了絕佳的實驗白老鼠。只見眼鏡弟弟走向放著牛奶的冷藏櫃，要打開櫃門。然而，中階主管擋在前方，如果硬要開啟，櫃門會撞上他的背部。

「呃，不好意思。」眼鏡弟弟朝中階主管說道。他沒直接硬拉開門，家教不錯，可惜遇上一個難纏的對手。

中階主管並未轉頭望向眼鏡弟弟，姿勢連變也沒變。他依然瞪著一雙眼，彷彿沒有生命的物體般橫移一小段距離。眼鏡弟弟打開櫃門，拿出一小盒牛奶。

逸子有些遲疑。如果立刻衝過去，或許有機會趁眼鏡弟弟還沒關上櫃門，也拿出一盒牛奶。只是，中階主管剛剛的反應，完全就是失去理性思考能力的醉漢。

（不行，這大叔現在正是最危險的狀態。）

逸子做出這樣的判斷。眼鏡弟弟是運氣好，才沒被大叔纏上。大叔什麼時候會發酒瘋，誰也沒辦法預測。看來，今晚還是放棄牛奶吧……

逸子下定決心，轉身準備離去。就在這時，自動門再度發出「唰」一聲開啓。大約半秒後，櫃檯傳來「哇」地驚呼。

逸子望向櫃檯，穿黃色制服的店員映入眼簾，接著是堵在門口的一道黑色人影。

對方戴著全罩式安全帽，身穿黑色皮衣，應該是個男人。他朝店員伸出右手……如果只是這樣，當然一點也不可怕，問題在於，他的右手握著疑似手槍的東西。

2

「進入店內請脫下全罩式安全帽。」

自動門旁應當掛著這樣的告示牌，並非手寫，而是印製的塑膠牌。不論哪個地方的便利商店，門口都有類似的告示牌，理由自然是爲了防杜犯罪。

短短一秒內，告示牌上的字句數次閃過逸子的腦海，幾乎占據她的全部思緒。忽然間，擋在自動門前方的那個穿得一身黑的男人，喊了一聲「不准動」。或許是戴著安全帽的關係，聲音模糊不清。

店裡沒人敢動，至少逸子和店員都沒移動半分。店員甚至不等對方下令，就高高舉起雙手。逸子則是拿著購物籃，愣在原地。

強盜手裡的槍泛著灰色的金屬光澤，看起來像是鍍鉻的玩具。槍身粗短，不知道是不是眞槍，但逸子想不出確認的方法。唯一可以肯定的是，強盜那戴著灰色薄手套的右手扣著扳機。

那個大叔和眼鏡弟弟呢？逸子心生疑問。轉頭一看，他們還站在冷藏櫃前。通往店後辦公室的門就在冷藏櫃旁，逸子好幾次看見店員從那裡進出。只要反應夠快，兩人從那裡逃出店外應該不難。

但強盜似乎很清楚這一點。他以手槍指著店員，戴安全帽的腦袋卻迅速轉動，望向裝設在天花板上的凸面鏡。當然，這只是逸子的推測，實際上根本看不到強盜的臉。

逸子受到影響，跟著望向凸面鏡。上頭映出眼鏡弟弟和中階主管的身影，只是有點小，而且扭曲變形。

「喂！」

強盜的視線從鏡子上移開，朝著店內深處大喊：

「裡面的兩個給我出來！如果不出來，我就要開槍了！」

由於戴著安全帽，聲音模糊，難以聽清楚，不過他說「我就要開槍了」，顯然指的是射擊店員的頭，而不是後方的兩人。逸子緊盯著鏡子，那兩人（嚴格來說，只有清醒的眼鏡弟弟）錯愕地僵住，表情彷彿訴說著：誰要開槍？從哪裡開槍？怎麼可能打得到我？

（快逃吧！快逃吧！）

逸子在心裡催促著眼鏡弟弟。

（門就在你的旁邊！只要逃出去，你就安全了！）

逃出去以後，立刻打電話報警！逸子忍不住想出聲大喊，不料……

「兩位客人！」店員高舉雙手、縮著肩膀，顫聲說：「請你們乖乖照做！他拿槍指著我！」

逸子暗自傻眼。不論在世上的哪個角落，都有這種把自己逼上絕路卻不自知的笨蛋。店員只要乖乖閉嘴別說話，就算醉漢動作遲鈍，好歹國中生應該能順利逃走。一旦有人成功逃出去報警，大家都有機會得救……

「客人！」店員再次出聲：「求求你們！」

從天花板上的凸面鏡，看得見眼鏡弟弟慢慢移動，來到逸子的背後。由於無法回頭，看不到眼鏡弟弟的表情，但逸子察覺他倒吞了一口氣。

「現在才看到槍？」強盜開口，可能覺得這句話具有恫嚇的效果吧。只是聲音蒙在安全帽內，聽起來像是一陣悶響。

眞正讓眼鏡弟弟感到驚訝的，似乎不是強盜舉著槍，而是太陽穴被槍抵著、緊縮肩膀直打哆嗦的店員。最好的證據，就是眼鏡弟弟向店員問了一句「你還好嗎」，但店員當然不敢應聲。

「後頭還有一個人吧？」強盜說道。

原來如此，從天花板的凸面鏡，映出還在和洋芋片乾瞪眼的那個中階主管。逸子深吸一口氣，鼓起勇氣說：

「那個人喝醉了，動也動不了。他可能連現在是什麼狀況也不清楚。」

逸子不曉得強盜此時是怎樣的表情，只見店員緊閉雙眼，多半是擔心逸子的話惹怒強盜，他會遭到殺害吧。

「你去帶他過來。」強盜對眼鏡弟弟揚了揚下巴。不，正確來說是揚了揚安全帽。但眼鏡弟弟並未立刻採取行動。仔細一看，他把手裡的三明治和牛奶放到旁邊的架子上。

接著，眼鏡弟弟走向後方。「老伯……」傳來說話聲，「請到櫃檯這邊來，有強盜。」

喝得爛醉的中階主管終於發出聲音：「什麼？」

「有強盜。」眼鏡弟弟的聲音也微微顫抖，「店員現在很危險。」

逸子仰頭望向天花板上的鏡子。中階主管目不轉睛地瞪著眼鏡弟弟，半晌後將眼鏡弟弟推向一邊，大步走了出來。逸子剛聞到濃濃的酒氣，灰色西裝的身影已穿過她的身邊，出現在結帳櫃檯前。

「有強盜嗎？」中階主管問道。

「請你照他的話做，不然我會被殺。」店員幾乎快哭出來。

中階主管站在逸子的身邊，泛紅的眼眸轉了一轉，視線落在手槍上。

「那種東西也不知道是不是眞的。」

接著，中階主管毫不畏懼地大步走近強盜。逸子登時產生一種錯覺，心臟正在拔腿狂奔，拖著長長的一大串血管，逃到身體的最深處。全身的血液彷彿都流光了。

強盜的反應非常快。他將槍口從店員的太陽穴上移開。逸子以爲他會朝中階主管開槍，沒想到他卻將槍口對準天花板上的凸面鏡。逸子反射性地望向鏡子。泛著灰色金屬光澤的手槍，在凸面鏡上迅速移動。下一瞬間，響起震耳欲聾的破裂聲，鏡子裂成碎片。在逸子的眼裡，簡直像是鏡子內側也有一把手槍，從內側射穿鏡子。

爲了避開碎片，逸子趕緊垂下頭，摀住臉。原本以爲強盜會繼續開槍，但槍聲沒再響起。

逸子抬頭一看，強盜的姿勢沒變，依然將槍口指著店員的頭部。唯一的變化，只有店員的臉色蒼白如紙，雙臂舉得比剛剛更高。

「現在你知道了吧？」強盜說道。原本已走到強盜近旁的中階主管，一步步往後挪動身體。逸子慢慢走到他的身邊，拉住他的手肘。這是爲了攙扶他，還是害怕而想拉住某個人的手肘，逸子自己也不清楚。

「你們全都不准動！」強盜向逸子等三名顧客下令後，轉頭面對店員說：

「去鎖門。」

槍口依然指著店員的腦袋。店員顫抖著往櫃檯下方摸索，取出一串鑰匙。然後，他顫抖著步出收銀台，朝著自動門的方向走去。

這段期間，槍口一直瞄準他的太陽穴。

「你們要是敢打什麼鬼主意，小心這傢伙的腦袋開花。」

即使強盜沒說這句話，逸子等人也心知肚明。三人不敢移動半分，甚至不敢像店員一樣高舉雙手，做出投降的動作。槍固然可怕，但更可怕的是自己的一舉一動都可能害他人丟掉性命。三人根本不敢嘗試拿東西扔向強盜，或趁強盜不注意偷偷退後，從後門逃跑。

店員鎖上自動門。強盜狡猾地繞到店員的背後，放下胳臂，彎曲手肘，讓外面的人無法看見手槍。

如果能夠來個人就好了，逸子暗想。最好來個新的客人。

只是，就算來了新的客人，事態會好轉嗎？強盜可能會對新來的客人開槍，可能會對店員開槍，可能會對所有人開槍，甚至可能會拿逸子等人當盾牌……

維持現狀，搞不好才是上策。

店員將自動門的上方、下方及中間都鎖上了。爲什麼全年無休、二十四小時營業的便利商店，店門要有三道鎖？當初是基於什麼考量才會這麼設計？

這是強盜第一次背對逸子等三名客人。當然不是完全背對，而是側著身體。逸子發現強盜的皮衣下襬磨損嚴重。

另外還有一點不太尋常，就是強盜穿的褲子。那是卡其色棉褲，同樣磨損嚴重。如果只是這樣，並不稀奇。重點是那褲子左側後方的口袋高高鼓起，似乎塞有什麼東西。

店員上完鎖，強盜說：

「鑰匙交給我。」

店員面對著自動門，連頭也不敢轉，只把手伸向背後，遞出一整串鑰匙。強盜左手接過鑰匙串，想塞進後褲袋。但口袋裡早已塞了圓鼓鼓的東西，加上強盜戴著手套，根本沒辦法把一整串鑰匙也塞進口袋。

由於右手必須舉著槍，派不上用場，強盜顯得越來越焦躁。逸子屏著呼吸觀察強盜的舉動。強盜試了幾次沒成功，最後以拿著鑰匙的左手指尖勾出褲袋裡那圓鼓鼓的東西，扔在地上，然後塞入鑰匙。

那圓鼓鼓的東西在地面上滾動，發出叮叮咚咚的聲響。

逸子幾乎不敢相信自己的眼睛。背後的眼鏡弟弟似乎也驚愕地微微動了一下。中階主管則是眨了眨眼。

從強盜的後褲袋掉到地上的，竟是一個響葫蘆。而且是屬於嬰兒玩具的那種響葫蘆。長度約十公分，比一般的響葫蘆小了一些。握柄約三公分，前端連接著圓筒，應該是新生兒的玩具，整體爲淡黃色。

爲什麼強盜會帶著這種東西？

（強盜先生，你的響葫蘆掉了！）

逸子當然不可能這麼提醒強盜。何況，那個響葫蘆不是不小心弄掉，而是強盜主動扔掉，沒必要特意告知。

逸子差點笑出來。最後她忍住了，是因爲腳不愼一動，踩到地上的鏡子碎片，發出清脆的聲響。

不管強盜隨身攜帶多麼稀奇古怪的東西，都不能忘記他拿著一把眞槍。逸子如此告誡自己。

回收鑰匙後，強盜再次以空出的左手揪住店員的制服衣領。

「後退。」

此舉也是爲了避免外面的人看見手槍吧。

強盜持續以槍指著店員的頭，向逸子等人下令：

「你們全進到櫃檯裡，趴在地上，雙手交抱頭頂！動作快！」

強盜並沒有推逸子等人，而是以槍口戳了戳店員的頭。這麼做就足夠了。

「別想要花樣。」

逸子問：「我可以把購物籃放在地上嗎？」

「放在腳邊！」

逸子遵從指示。眼鏡弟弟此時也兩手空空，中階主管則是打一開始就什麼也沒拿。逸子看了一眼他們，率先邁開腳步。

鞋底踩在鏡子碎片上，發出必剝聲響。逸子心想，好險今天穿的是懶人鞋，不是最喜歡的那雙淑女鞋。要是穿著淑女鞋走在這裡，鞋跟恐怕會傷痕累累……

明明害怕得膝蓋發抖，逸子卻還想著這樣的事情。

逸子身後，眼鏡弟弟也跟了上來。那個中階主管依然滿臉通紅，走起路搖搖晃晃。不管再怎麼令人震驚的突發狀況，似乎也敵不過酒精的力量。

逸子等人正要趴在地上，強盜忽然大喊：

「等等，先脫下鞋子，放在櫃檯上！動作快！」

逸子穿的是懶人鞋，眼鏡弟弟穿的是薄底的運動鞋，中階主管穿的則是外觀老舊，鞋帶卻很新的皮鞋。見三人的鞋子都放上櫃檯，強盜推著店員說：

「把鞋子全拿過來。」

店員依著命令上前，抱起三雙鞋子。眼鏡弟弟的一隻運動鞋差點掉在地上，店員趕緊重新抱好。

逸子緩緩伏下身子，趴在地上。油氈地面有著不少灰黑色的污漬，以及大量膠質鞋底的印痕，但此時當然沒辦法嫌髒。

眼鏡弟弟不曉得在想什麼，居然仰躺在地。

「笨蛋，要趴著啦。」

逸子低聲說道。眼鏡弟弟眨了眨眼，翻過身。至於那個中階主管，或許是肚子太大，趴在地上似乎很不舒服，不停發出呻吟。

「好，帶我到後頭的辦公室！」

強盜確認逸子等人都乖乖將手放在頭上後，向店員如此下令。從兩人踏在鏡子碎片上的腳步聲，逸子聽出兩人走向店內的中央通道。

此時，頭頂上又傳來強盜的話聲：「別忘了，要是你們敢輕舉妄動，這傢伙就死定了。要是他死掉，你們都有連帶責任。」

逸子閉上眼，靜靜等待強盜離去。眞是個笨強盜，我們在櫃檯內側，這裡有電話呢……

不料，強盜丟出一句：「別想打電話。」

緊接著是一陣拉扯聲，強盜似乎拔除了電話線。

踩在鏡子碎片上的腳步聲逐漸遠去。數秒後，轉爲踩在油氈地面的腳步聲。不久，傳來店後的門開啓的聲響。

驀地，店內變得一片漆黑，多半是辦公室裡的電源總開關被切掉了吧。同一瞬間，流淌在店內的音樂也消失了。說來奇怪，逸子原本沒聽見音樂，直到音樂消失才察覺。那似乎是有線廣播，正在播放當紅的流行歌。音樂消失的前一秒，年輕男歌手反覆唱著「我愛妳」，不知道在第幾聲「愛」的時候，戛然而止。

店內鴉雀無聲。便利商店販賣的商品，並不包含沉默與寂靜。因此，這時的靜謐，釀出詭異的氛圍，彷彿便利商店不再是便利商店了。一家沒開燈、沒店員，也沒音樂聲的二十四小時便利商店，就像僵屍一樣，根本不應該存在於世上。

「希望有人會發現。」

眼鏡弟弟下巴貼在地板上小聲說道。或許是壓低聲音的關係，他的嗓音比逸子想像中低沉，幾乎跟成年人沒兩樣。

「不可能吧，」逸子輕聲回應：「這條路晚上沒什麼人走。」

「外頭的招牌燈光也被關掉了？」
「大概吧。」
「不會有人懷疑爲什麼便利商店關了燈嗎？」
「根本沒人走到附近，誰會懷疑？」
有少許鏡子碎片飛到櫃檯的內側，逸子小心翼翼地吹開，以免刮傷臉頰。
「他沒把我們綁起來，我們卻只能趴著在這裡，想想眞是古怪。」眼鏡弟弟說道。他意外地鎭定。
逸子抬頭一看，中階主管竟閉上雙眼，臉頰緊貼在地。他應該不會是昏過去了，遇到這種狀況還兀自休息，果然人一酒醉就天不怕地不怕。
逸子逐漸恢復冷靜。最大的理由，就在於手槍已從眼前消失。雖然店員的性命依舊危險，但看不看得見還是有相當大的差別。
不過，若說能夠採取什麼行動，卻也不見得。所有能做的事情，都遭到防堵。
「犯人眞聰明。」逸子告訴眼鏡弟弟：「他切斷電話線，鎖上門，取走鑰匙，並拿槍射破鏡子，讓碎片散落一地，要我們脫掉鞋子。」
沒想到，眼鏡弟弟哼笑一聲：
「脫鞋子這一招，是從電影《終極警探》學來的吧。」

「《終極警探》裡有這一招？」

「有啊。大姊姊，妳沒看過？」

確實沒看過，但逸子猜想那應該是十分重要的橋段吧。重要到連強盜也想模仿。

「先不說這個，剛剛那到底是什麼？」眼鏡弟弟一邊問，一邊以鼻息吹開碎片。「從強盜的口袋裡掉落的東西。」

「給嬰兒玩的響葫蘆吧。」

「他怎麼帶著那種東西？」

「我也不知道。既然他隨手一丟，可見不太要緊。」

「怎會把那種東西放在口袋裡？」眼鏡弟弟抬起頭，「而且總覺得他是故意扔在地上。」

這時，店後的辦公室忽然傳來喀啦聲響。逸子吃了一驚，眼鏡弟弟以手肘撐住地面，想站起來，逸子連忙拉住他的毛衣袖子，制止道：

「別探頭，可能會挨子彈。」

「強盜只有一把槍，不可能同時攻擊我和店員。」

「好吧，那你不妨試試發出一些聲音，趁著強盜攻擊你，店員或許能夠逃走。不過，你可能還是會挨子彈。」

眼鏡弟弟趴回地上，「我忽然覺得妳的話很有道理。」

逸子與眼鏡弟弟好一會不再開口，辦公室也不再傳出聲響。只聽得見中階主管發出的粗重呼吸聲。

「老伯，你還好嗎？」眼鏡弟弟問道。

中階主管依然閉著雙眼，並未答話。

眼鏡弟弟伸手搖了搖中階主管的肩膀，他睜開醉茫茫的泛紅雙眼。

「我們會被殺嗎？」中階主管口齒不清地問。

「我也不知道。」眼鏡弟弟老實回答。

「冷靜想想，只要有第一個倒楣鬼挨子彈，其他人或許就能趁機逃走。」

「既然如此，乾脆別理那個店員，我們一起逃走吧。」

中階主管說道。逸子和眼鏡弟弟都愣了一下，不曉得如何回應。半晌，逸子才說出現實中的難題。

「怎麼逃？自動門已上鎖。」

「找東西打破玻璃牆就行了。」

「要是我們做這種事，強盜一定會衝過來胡亂開槍吧。」眼鏡弟弟說：「況且，就算我們成功逃出去，接下來也會很麻煩。店員被殺的責任，會落在我們頭上，我可不想被媒體記者追著跑。」

捨棄店員獨自逃走……想一想，這麼做確實有點泯滅良心。

中階主管的提議遭到駁回，卻絲毫不以爲意，連眼睛也沒眨一下，接著說：

「不然就讓強盜開槍打我好了。」

逸子不禁抬起頭，觀察他的表情。從外頭射進來的街燈亮光，將他那肥胖的臉孔輪廓照得清清楚楚。

「你冷靜一點。」逸子說道。中階主管哼了一聲，回應：

「我很冷靜。其實我剛剛一直思考著我家剩餘的房貸及意外身故的保險金。只要我死了，家人就能過比較輕鬆的日子。沒錯，我還是死了最好。」

眼鏡弟弟凝視著中階主管，眼鏡從鼻梁上滑了下來。

「老伯……」

「我今天收到人事命令。」中階主管沒壓低聲音，反倒扯開喉嚨。「我被調職了。那根本和裁員沒兩樣。我在公司當了三十年的業務，現在卻要我去管理倉庫。」

難怪他今天會喝得酩酊大醉。

「三十年！」中階主管再度強調。

「快要過年了，居然這麼對我……那些傢伙還說，忘年會和歡送會乾脆一起辦……」

「即使如此，也不必故意死在強盜的槍下。」

眼鏡弟弟低聲反駁，中階主管根本不理會他。

「小孩子懂什麼。」

逸子在一旁聽著，忽然想到自己就算在這裡遭到槍殺，恐怕也不會造成任何人的困擾。工作大可交給其他同事處理。反正目前負責的工作中，沒有一件是只有她才能完成。同事或許會感到悲傷，但不會持續太久……愛出鋒頭的聰美搞不好會有點開心，因爲能夠以受害者同事的身分上電視。

故鄉的雙親當然會難過到快發瘋吧。儘管如此，還是讓人寂寞。除了「父母」之外無人關心的人生，形同沒附加行程的套裝旅行。

「就算被迫成爲人質，也該挑個更好的地點。」逸子忍不住嘆氣。「例如自由之丘、下北澤的便利商店或小酒館……」

中階主管笑道：「小姐，不管在哪裡被殺，妳就是妳，又有什麼不同？」

這句話像一根針扎在逸子的心頭。沒想到，眼鏡弟弟接著說：「老伯，同一句話，不也適用在你的身上？管理倉庫和當業務，又有什麼不同？」

中階主管默然無語，半晌後咕噥：「哼，小孩子懂什麼。」

遠方不知何處傳來汽車的引擎發動聲。汽車駛離後，再度恢復寂靜。

「你爸媽不會擔心嗎？」逸子問眼鏡弟弟。

「老爸在睡覺。」眼鏡弟弟回答。「他工作很忙，每天都累得像狗一樣。老媽今天值夜班。」

「你媽媽有工作？」

「嗯，她是個護士。」

「這麼晚在外頭閒晃，你不會被罵嗎？」

「我家就在附近，我經常來買宵夜。」

眼鏡弟弟瞥了逸子一眼，笑著說：「大姊姊，我們經常遇上。」

「是啊，我都記得你的臉了。」

「我也是。妳一個人住嗎？」

「嗯。」

「我猜也是。」眼鏡弟弟點了點頭。

這句話似乎有弦外之音，但逸子保持沉默。

眼鏡弟弟注意著櫃檯另一邊的動靜，把頭壓得更低，說道：

「好安靜。」

「嗯，但強盜一定會回來，畢竟錢在收銀機裡。」

「也對……」眼鏡弟弟沉吟著說：「剛剛強盜怎麼瞧也沒瞧收銀機一眼？」

「多半是打算待會才要回來拿錢吧。」

可是，等了又等（雖然用「等」這個字眼頗怪），強盜或店員都沒再回到店內。逸子感覺事有蹊蹺，一看手錶，已等了一小時。於是，她鼓起勇氣站起。

地上閃閃發亮，全是鏡子碎片。照亮碎片的光源，並非僅來自街燈。通往辦公室的門並未關上，辦公室的燈光也透進店內。

緊跟著逸子，眼鏡弟弟也站起來。

「去看看情況吧……」

由於中階主管沒有起身的意思，兩人跨過他的身軀，走出櫃檯。

逸子繞向右側，眼鏡弟弟繞向左側，分別靠近通往辦公室的門。

辦公室裡無聲無息，完全沒傳出強盜的走動聲。逸子喉嚨一陣乾渴，腦袋嗡嗡作響。

此時，眼鏡弟弟忽然朝辦公室喊：「裡面有人嗎？」

回應這句話的並非槍響，而是模糊的悶哼聲，以及類似椅腳在地面摩擦的不規則聲響。

逸子與眼鏡弟弟同時衝入辦公室。在明亮的日光燈下，可清楚看見店員被人以膠帶封口，並用綑包裹的繩索牢牢綁在椅子上，面對辦公桌。他的旁邊有一座敞開的保險箱，裡頭空空如也。逸子和眼鏡弟弟不禁笑了出來。

中階主管興高采烈地接下去附近派出所報案的任務。事實上，逸子的話還沒說完，他已奔出後門。

在警察趕到之前，逸子與眼鏡弟弟一直陪伴著臉色發白、不住顫抖的店員。三人從保溫箱裡拿出罐裝咖啡，挑了沒有碎片的地板坐下，默默喝起來。此時，逸子心生一念，趁著還沒聽見警笛聲，走到自動門旁，查看強盜丟下的到底是不是響葫蘆。

沒錯，那是一根幼兒用的響葫蘆。塑膠材質，整體爲淡黃色，上頭畫著橘色的鴨子。

「千萬不能摸，交給警方調查吧。」

眼鏡弟弟這麼一提醒，逸子不敢伸手觸碰，又想聽聽那響葫蘆的聲音，於是輕踢一腳。響葫蘆發出叮咚聲響。

3

搶案傳開後，在逸子的生活周遭引起軒然大波。公司的同事紛紛打電話或跑到逸子的部門來，表達關心之意。但或許是逸子沒受傷，大家更想聽的反倒是「驚悚刺激的案發過程」。逸子說得厭煩，隔天便請了特休。反正要到警署說明案情，本來就得向公司請假，早請晚請也沒什麼分別。

故鄉的雙親本來堅持要立刻趕來東京，逸子好說歹說，才打消了他們的念頭。從去年起，父親的健康狀況一直不太好，而且現下逸子比較希望一個人靜一靜。捲入這樣的風波，父母要是來了，搞不好會要求她「辭職回老家」。

不過，在電話裡聽見母親的啜泣聲，逸子也忍不住哭了起來。沒附加行程的套裝旅行，其實沒那麼糟糕。

「如果遇上長得帥的刑警，一定要介紹給我。」精明的聰美如此叮囑。逸子原本也暗自期待，可惜前來拜訪的兩名刑警都是中年大叔，看起來跟公司主管沒什麼分別，完全辜負了她的期待。

不過，兩名刑警都十分溫和有禮，而且親切。當然，這是指他們對逸子的態度。在其他三人面前擺出的態度是否有所不同，就不得而知了。警方是分別詢問案情，四人沒機會見面。此外，刑警明確地表示，希望包含逸子在內的四名關係人不要互相聯絡，更不要討論案情。

「討論案情會混亂記憶。不，或者該說，會導致混亂的記憶往錯誤的方向修正。」刑警如此解釋。

逸子原原本本地說出自身的遭遇及所見所聞，刑警幾乎原封不動地寫進筆錄。相反地，關於案情的細節，刑警幾乎什麼也不肯透露。連強盜取走保險箱裡的五百萬圓現金，逸子也是看了報紙才知道。

不出所料，便利商店「Q＆A」經營不善，店主打算連同土地一起賣掉，保險箱裡的五百萬圓就是訂金。強盜正是覬覦這筆錢。

看著「強盜或許是內鬼」的新聞標題，逸子回想著當初店員嚇得魂不附體的表情，實在不認爲那是裝出來的……

此外，刑警提醒一點，不要對外洩漏「幼兒用響葫蘆」的事情。

「那是我們鎖定嫌犯身分的重要線索。當然，其他相關人士，我們也提出相同的要求，對媒體記者更是絕口不提。」

逸子答應保密，但提出一個交換條件。

「破案後能不能告訴我，爲什麼強盜要隨身攜帶那種東西？」

「沒問題，但妳爲什麼會想知道？」

「那太莫名其妙了，我眞的很好奇。」

直到案發的一星期後，逸子才回到公司。這天也是在吵吵鬧鬧中結束，但沒過多久，大家便不再對逸子感興趣。她不禁慶幸，避了一星期的風頭果然是正確的決定。

畢竟這是一起沒有死傷的強盜案，報紙上應該不會刊登後續報導。想知道案情的發展，只能等待警方的通知……逸子這麼想著，不料第十天，早報上突然刊登一張照片，她大吃一驚。「佐佐木修一」，二十歲，被列爲本案的重要參考人。

逸子詳讀那則報導，原來佐佐木修一是住在鄰區的汽車技師。上班的地點，正是逸子每天都會經過的那家修車廠。他從案發當天晚上就下落不明，平常騎的機車還停在公寓門口，只有全罩式安全帽不見蹤影。報導中暗示，他可能是戴著安全帽犯案，之後就逃逸無蹤。不使用機車的理由，或許是認爲騎機車太醒目。逸子想起，當初趴在櫃檯內側時，確實曾聽見遠處傳來汽車的引擎聲。

佐佐木修一的外貌頗爲粗獷，不太像只有二十歲。由於歹徒犯案時戴著全罩式安全帽，逸子只看見歹徒的眼睛，因此即使看了佐佐木修一的照片，也無法指認到底是不是這個人。但逸子總覺得不太對勁。如果能夠聽見聲音，或許有辦法判斷得出來吧。

逸子猶豫片刻，決定採取行動。不過，她並非向警察打聽消息，而是再次前往案發現場。像平常上班一樣梳妝準備後，她去了「Q&A」。

案發當時的店員不在。櫃檯的店員以粗魯的口氣告訴逸子，那名店員今天休假，而且案發後一直沒來上班，多半是打算辭職吧。說這些話的店員年紀約三十出頭，得知逸子是當時的人質之一，突然變得十分親切。

「原來妳是當事人。眞是不好意思，我們最近遇到不少湊熱鬧的客人。」

「但關於案情的調查進展，警察什麼也不跟我說。爲什麼那個佐佐木會被列爲重要參考人？」

店員左右張望，此時沒有其他客人。

「歹徒身上帶著幼兒用的響葫蘆，妳知道吧？」

「嗯，我親眼看到了。」

「警察提到這一點，我們馬上猜到歹徒的身分。這家店是採輪班制，總共有六個……不對，現在只有五個店員。我們都認識那個姓佐佐木的傢伙。」

「他是常客？」

「沒錯，聽說他每天都騎機車或腳踏車到那家修車廠工作，一週大概有幾天，回家的路上會到我們店裡買東西。每次都是三更半夜，這樣的狀況持續了一年吧。從上個月起，他每次出現，口袋裡都會放著那個有小鴨圖案的響葫蘆。」

根據店員的描述，佐佐木修一或許是嫌麻煩，經常不脫下全罩式安全帽，値班的店員也沒強硬制止他。由於這個緣故，店員們替他取了一個綽號「安全帽小子」。發現他在褲子後側口袋或外套口袋裡放入小鴨響葫蘆，綽號又變成「響葫蘆小子」或「變態」。

「變態？」逸子問道。

店員笑著說：「是啊，一個大男人隨身帶著嬰兒的玩具，不是變態是什麼？」

但就算是變態，怎會帶著那種東西搶劫？何況，他只是顧客，怎麼知道那天保險箱裡放著五百萬圓？

逸子提出這個疑點，店員一聽，登時神色緊張地說：

「哎，妳別胡思亂想，我們幾個店員被這起案子害慘了。妳想想，我們都在這裡上班，要是敢打那筆錢的主意，馬上就會被發現，不是嗎？」

「倒也沒錯……」

「而且新的僱主已承諾，未來會以相同待遇僱用我們，我們怎麼可能故意惹事生非？」

逸子心想有道理，道謝後轉身準備走出店外，又想到一個疑點。剛剛對方一時說錯了店員的總人數，那是怎麼回事？

「請問……最近是不是有店員離職？」

結帳櫃檯的店員一聽，誇張地皺起眉，彷彿將逸子當成釋放大量花粉的豚草。

「眞是的，客人，妳問這句話的口氣，簡直就像刑警一樣。」

「這麼說，我猜對了？」

「是啊，上週末有一個人離職。但……那又怎樣？」

其實也沒怎樣，只不過……

昨天夜裡，逸子輾轉難眠，總覺得心靜不下來。不僅如此，還下意識地注意起時間。接近當初案發的時間，逸子毅然決然穿上外套，走出住處。目的地當然還是「Q＆A」。

簡直像是事先約好，眼鏡弟弟也在店裡。於是，逸子走進去，拍了拍他的肩膀，沒想到他竟說：

「大姊姊，前幾天妳都沒來，是不是害怕了？」

「咦，那你呢？」

「我隔天就來了。」

看來，眼鏡弟弟並不是纖細敏感的少年。

「想起當時的情況，難道你不害怕？」

「一點也不怕。」眼鏡弟弟揮了揮拿著火腿三明治的手。「但老爸和老媽要是知道我又來這家店，肯定會痛罵我一頓。」

「那也是理所當然吧。」

雖然發生過那樣的案子，店內除了換上新的凸面鏡之外，裝潢與擺設幾乎沒變。逸子隨便買了一些袋裝零食，與眼鏡弟弟並肩走出店外。

「大姊姊，妳認爲強盜眞的是那個佐佐木嗎？」

眼鏡弟弟吐著白色的氣息問道。

「你覺得呢？」

「大姊姊，妳眞像刑警。明明是我先問的，妳卻拿同樣的問題來反問我。」

逸子露出苦笑：「我也說不上來。那個強盜戴著安全帽，根本看不到臉，聲音也聽不清楚。不過，店員說強盜身上帶著響葫蘆，肯定是那個佐佐木沒錯，還說他是變態。」

「眞是單細胞。」眼鏡弟弟想也不想地說：「事情哪可能這麼單純。可見那個強盜的腦袋不過是這種程度。」

逸子停下腳步，「什麼意思？」

「我猜佐佐木只是撿到了那個響葫蘆而已。」

「撿到……？」

「嗯，因爲工作的關係，他常常會在半夜經過這裡，對吧？或許他剛好看見響葫蘆掉在地上，所以撿了起來。」

「撿到響葫蘆後，他沒丟掉，一直帶在身上？」

「多半是爲了還給失主吧，我想不出更合理的解釋。」

「聽起來怪怪的。」逸子笑道：「想還給失主，代表他認識失主。既然如此，爲什麼不直接拿去失主的家，或約個地方見面？」

眼鏡弟弟搖頭說：「雙方不見得是那麼熟的關係。大姊姊，就像我和妳一樣。雖然我們常常會在便利商店裡遇上，但不知道對方的名字，也不知道住址。如果撿到妳掉的東西，想還給妳，只要那個東西不大，每次我來便利商店，應該就會帶在身上，等遇上時再叫住妳。」

逸子不由得瞪大雙眼。這個少年雖然戴著眼鏡，卻擁有敏銳的觀察力。

「問題在於，失主到底是誰。」眼鏡弟弟接著說：「要是能確認這一點，事情就好辦了……」

逸子在心裡頻頻點頭。

與眼鏡弟弟道別，逸子依然滿腦子都想著這個問題。隔天還想著，再隔天也還想著。即使在公司打字，處理文件資料，她仍未完全拋出腦外。

經過半個月左右，來到總務部舉行大型忘年會的日子。逸子參加兩次續攤後，勉強趕上最後一班電車。

走在回家的路上，陣陣寒風撲面而來，感覺比案發那天的風更加強勁。通過佐佐木修一曾任職的修車廠前方，逸子忍不住停下腳步，仰望修車廠的鐵捲門。近來，逸子幾乎每天都會這樣做。當初威脅要朝逸子等人開槍的那個男人，曾在這裡揮灑汗水，努力修理汽機車？

總覺得有些說不通。

何況，一個強盜會爲了歸還遺失物，隨身攜帶響葫蘆嗎？

（當然，如果眼鏡弟弟的猜測根本是錯的，又另當別論。）

逸子打了一個噴嚏，趕緊拉高大衣的衣領，再度邁開腳步。

彎過轉角，道路另一頭有個嬌小的白色人影跑來。由於是深夜，逸子提高警覺。仔細一看，原來是上次那個尋找老爺爺的大嬸。

「請問……」

跟上次一樣，大嬸主動搭話，於是逸子搶先回答：

「老爺爺又不見了嗎？」

大嬸雙手摀著因寒冷而泛紅的臉頰，「咦，妳怎麼知道？」

「我們之前曾遇見。」

「原來如此。我們家的老爺爺常到附近閒晃……」大嬸疲憊地垂下頭，「眞是傷腦筋。不管是夏天或冬天，他都會偷偷溜出家門。就算門上了鎖，他也有辦法打開，我有時不禁懷疑他根本沒得失智症。」

「我今天沒看到老爺爺。」逸子說道：「要不要去派出所問問？」

「派出所是每次都會去的。」在這寒風當中，大嬸或許是終於找到傾訴的對象，朝著逸子走近一步，繼續道：

「實在傷腦筋……自從弄丟玩具，他一直悶悶不樂，也不太會外出亂走。今天晚上不曉得爲什麼又起了興致……」

玩具……

彷彿一道落雷打在逸子的頭上。老爺爺弄丟玩具？

（對了，這麼一提……）

當初在超市看見老爺爺，他確實像個孩子。大嬸牽著他的手，買巧克力給他，他非常開心……那個時候，老爺爺確實拿著一個玩具喇叭。

「請問……」這次換逸子湊過去，「老爺爺是不是喜歡小朋友的玩具？」

「是啊，非常喜歡。不僅家裡有很多，他還會帶著走。人的年紀一大，行爲舉止就會變得像孩子一樣。」

逸子又往前一步，追問：

「老爺爺弄丟的玩具，是不是一個響葫蘆？上頭畫著黃色小鴨的響葫蘆。」

大嬸瞪大眼睛反問：「妳怎麼知道？」

隔天，逸子跟那名大嬸（據說姓今井，住在這一區）一同前往警署。今井大嬸告訴刑警，大約半年前，某天晚上她外出尋找老爺爺時，曾遇上一個騎機車的年輕人。

「那是個不認識的人，但十分親切。他問我需不需要幫忙，陪我一起尋找。後來找到老爺爺，他還幫忙到派出所通知警察。但從那天之後，我就沒再見過他……對了，當時老爺爺拿著印有小鴨圖案的響葫蘆。那是老爺爺最喜歡的玩具，經常帶著到處走，才會弄丟……什麼時候弄丟的？我想想，差不多是一個月前吧。

對，那個人沒自報姓名，我不知道他叫什麼名字。不過，他說家鄉有個八十多歲的爺爺，所以忍不住伸出援手。對了，他有一點鄉下的口音。」

關於佐佐木修一成爲社區強盜案的重要參考人一事，今井大嬸完全不知情。

「我平日不看報紙。每天忙著照顧老爺爺，連電視也很少靜下心來好好看過。」

不到三天，警方便逮捕眞正的犯人。他是在造訪朋友家的時候，被埋伏在那裡的刑警逮個正著。

犯人是十九歲的打工族。如同逸子的猜想，他就是在案發不久前離職的店員。警方根據他的供詞，在秩父的山中一處淺坑裡，挖到佐佐木修一的遺體，死因是遭硬物擊斃。

另外，警方在這名離職店員的車子（爲了買這輛車子他欠下龐大的債務，目前只付了第一期貸款）後車廂內，發現佐佐木修一的頭髮，以及與佐佐木修一相同血型的血跡。搶劫超商後，他正是開這輛車子逃走。逸子聽見的引擎聲，也來自這輛車子。

為了這次的搶案，他擬定十分狡猾的計畫，佐佐木修一在許多方面都符合他的需求。第一，佐佐木修一在店員之間被稱為「響葫蘆小子」；第二，佐佐木修一經常戴著全罩式安全帽進入便利商店；第三，佐佐木修一的工作地點就在附近，而且要找出住處一點也不難。離職店員單純地以為，只要戴上全罩式安全帽，在身上放一個響葫蘆，進入便利商店時，站在櫃檯裡的店員便會認定他是佐佐木修一。因此在動手搶劫之前，設法取得那個響葫蘆，再處理掉佐佐木修一，一切就天衣無縫了。佐佐木修一獨居，加上每天都是半夜才回家，要殺他可說是易如反掌。反正他本來就是個變態，死了也不值得同情，而且正適合用來揹黑鍋……

案發那一晚，新來的菜鳥店員果然上當了。其他店員聽到菜鳥店員的描述，也都先入為主地認為強盜就是「響葫蘆小子」。但警方打一開始就知道案情不單純，將佐佐木修一列為重要參考人，並不是眞的懷疑他，而是裝個樣子，藉此引誘出眞正的歹徒。其實，警方早就鎖定離職的店員。

離職店員供稱，搶劫的動機是缺錢玩樂，也想試試開槍的滋味。手槍是向黑道分子買來的，警方逮捕他的同時，也找到了槍。那把槍就塞在車子前座的置物盒內。

那個名叫佐佐木修一的年輕人，如果沒記住有過一面之緣的老人，如果沒記住響葫蘆是老人最心愛的玩具，如果不是認為老人住在附近，想將響葫蘆還給老人……或許他根本不會捲入這場無妄之災，丟掉性命。

眞是諷刺，眞是毫無意義。逸子鬱悶不已，決定向公司請一天假。

之後，逸子不曾踏入「Q&A」一步。雖然她毫髮無傷，一個心地善良的年輕人卻枉死，她實在不願再想起這件事。

一天，逸子在車站前方的公車轉運站看見今井大嬸及她的公公。那個老爺爺戴著溫暖的毛帽，牽著大嬸的手，正在等公車。注意到老爺爺的另一手拿著黃色響葫蘆，她忍不住停下腳步。

多半是警察將響葫蘆還給了老爺爺吧。那也算是死者留下的遺物，能夠回到老爺爺的手上，可說是一種小小的安慰吧。

當初一起成爲人質的那個中階主管，自那天以來便不曾碰過面。逸子總覺得他應該也沒再去過「Q&A」。那天之後，不知他是否每天打起精神到公司上班？想必他已沒有寧願被槍殺的念頭，畢竟他是那麼拚命地跑向派出所。

有一次，逸子在車站月台上和眼鏡弟弟偶然相遇。就那麼一次，約莫是正式破案的兩天後吧。

眼鏡弟弟和好幾個看起來像是同學的少年們，一起走出下行的電車。當時是星期六下午，逸子正要搭乘上行的電車。

逸子原本想上前搭話，對他說一句「你猜對了」。眼鏡弟弟似乎也發現逸子，想走過來。

可惜時機不太對。眼鏡弟弟的朋友們正聊得開心，他只好陪在一旁。一群人你一言我一語地吵鬧不休，眼鏡弟弟夾在同伴之間，經過逸子的身旁。逸子想追上去，眼鏡弟弟偷偷瞥了逸子一眼。最後一群人走到階梯，眼鏡弟弟聳聳肩，露出放棄的表情，跟著朋友走下階梯。

爲什麼眼鏡弟弟沒從朋友群中鑽出，奔向逸子？

逸子獨自站在月台上發愣，接著恍然大悟……原來我們只是便利商店裡的朋友。

仔細想想，她和眼鏡弟弟確實不太可能當朋友。離開便利商店，他們根本沒話聊。

就讓這個關係留在便利商店裡吧，逸子如此想著。那彷彿是與白天的生活隔絕的空間。

不久，上行的電車駛入月台。直到被電車的轟隆聲響拉回現實中，逸子一直思索著佐佐木修一的事。不管是犯案的離職店員，還是「Q&A」的其他店員，如果有一個人知道佐佐木修一的名字，或許情況會截然不同。至少大家有機會知道他隨身攜帶響葫蘆的理由，也有機會知道他是個極爲普通的人。如此一來，或許他不會遭到利用，也不會死於非命。

既然是每隔兩、三天就會光顧的客人，通常店員會記住客人的臉和名字，也有許多閒聊的機會。那麼，撇開杜絕犯罪的問題不談，客人走進店裡應該會主動取下全罩式安全帽。

當然，這指的是一般的商店。可惜，便利商店並不是那樣的地方。每個人走進便利商店時，也不會抱持這樣的期待。

逸子坐在電車裡，不知不覺哼起歌。正是案發當晚，音樂聲遭切斷前播放的那首歌。我愛妳……我愛妳……

逸子哼到一半，沒再哼下去。與那天晚上一樣，停在反覆唱著「我愛妳」的小節……

十年計畫

這是我從別人口中聽來的故事。

告訴我這個故事的人，是一個年約四十五歲的女性。身材微胖，精神奕奕的說話聲彷彿撞到牆壁會彈回來。一張嘴吱吱喳喳說個不停，簡直像是經常在連續劇裡串場的那種「愛聊八卦是非的鄰家太太」。

因緣際會下，我與她相處將近一小時，聽她談起「一些往事」。當時剛過凌晨兩點，收音機流瀉出一首又一首的西洋金曲。那廣播節目沒有主持人，只是不斷播放著音樂。

最初，是她主動向我搭話。她問我有沒有駕照。

「我的運動神經太差，所以不敢去考。像我這種人要是拿了駕照，恐怕會給社會大眾添不少麻煩。」

她哈哈大笑，說道：

「其實考過駕照，妳會發現沒那麼糟。」

「真的嗎？」

「是啊。」她用力點頭，「而且有機會認識自己的另一面。」

「搞不好一開車上路，我竟成爲暴走族，是嗎？」

「的確有人一握住方向盤，性格就會改變。不過像妳這樣的年輕小姐，怎會用『暴走族』這種老掉牙的說法？」

「其實我不年輕了。」

「噢，好吧。那我們就不談年紀。」

她揚起嘴角，露出燦爛的微笑。雖然我只瞥到一眼，顯然她十分樂在其中。

我雖然有點疲憊，但與其發呆度過這段枯燥的時間，不如聊聊天比較有趣。畢竟我本來就喜歡聽別人說話。

而且，做爲閒聊的對象，她頗爲令人好奇。當她主動攀談，我是眞的打心底想聽她說話。

「以我那個年代的女性來說，我算是有點與眾不同。我很年輕就拿到駕照。」

「是幾歲呢？」

「我高中畢業便開始工作，第二年考取駕照，當時應該是二十歲。」

我心想，依她的年紀回推，當時女性二十歲考駕照確實罕見。

「那已是三十多年前的事。」她接著道。

我愣了一下，在心中對她的年紀進行了微調。她的外貌看起來比較年輕。

「小姐，我一開始並不打算考駕照。跟妳一樣，我認為自己不適合開車，因為我的運動神經很差。」

「而且在三十年前，女性考駕照應該不像現在這麼容易？」

她頻頻點頭，又露出微笑。

「是啊，最近有很多女孩高中一畢業就取得駕照，我女兒也說想去考。」

「她現在幾歲呢？」

「高中三年級，皮得不得了。明年春天就要畢業了，她說一畢業就要上駕訓班，正在打工存錢。還說什麼沒習慣開車之前，希望我將車子借給她開。」

「這樣確實比較安心吧。」

「是啊，總好過去開那種不知道有沒有仔細維修的出租車，或她朋友殺價買來的中古車。」

果然是身為母親的人會說出的話。

「噢，抱歉，離題了。」她接著說：「總之，二十歲的我決定要考駕照。真的是非常突然的決定。在那之前，我根本想都沒想過。妳猜猜，為什麼我會改變想法？」

「這個嘛……」我笑道：「是不是暗戀駕訓班的教練？」

她也笑了出來，「才沒那麼浪漫。」

此時，收音機恰巧結束一首節奏緩慢的抒情曲。下一首曲子播放前的空檔，她冒出驚人之語。

「小姐，告訴妳，我考駕照是爲了殺人。」

我頓時沉默，表情也變得僵硬。

「眞的還是假的？」就在我問出這句話的同時，收音機流瀉出下一首曲子。那是法蘭克・辛納屈（Frank Sinatra）的〈夜晚的陌生人〉（*Strangers in the Night*）。

「當然是眞的，保證童叟無欺。」

她微微偏頭看著我，補上一句：「不過，那是很久以前的事了。」

「嚇我一跳。」我笑道：「妳跟別人提過這件事嗎？」

「偶爾心情好的時候。」

「聽到的人都嚇傻了吧？」

「不，還有人說『眞是個好主意』。雖然有點缺德。」

我聽著辛納屈的歌聲，一邊反芻這句話。眞是個好主意……

「妳的意思是，考上駕照後去撞人，僞裝成交通意外？」

「完全正確。」她笑得樂不可支，我反倒鬆了口氣。證明這眞的是過去的事，她才能夠如此樂在其中。雖然多少有些危險的氣味，但至少不用擔心她會咬牙切齒地對我大吐苦水。

「小姐，跟妳說，二十歲的我有一段悲慘的經歷。」

她微微壓低嗓音。若以音樂術語來比喻，就像是轉調吧。爲了對過去表達敬意，盡可能演奏出悲傷的氛圍。

「說穿了，只是失戀。但失戀的同時，我丟了工作。因爲我談的是辦公室戀情，沒辦法繼續待在職場。」

「啊，我能體會。」

「現代也會發生類似的情況吧？」

「是啊，就算沒離職，恐怕也會待得很痛苦。」

「對吧？以前那個年代，不僅僅是心情的問題。當時沒現代這麼自由。公司規定，職員之間禁止戀愛。因此，戀情一曝光，我就被開除了。然而，對方卻能繼續留在公司。」

「爲什麼？這不是很不公平嗎？」

她聳了聳結實的肩膀，回答：

「上司親自作媒，替他安排一樁婚事。所以，那男人便甩了我。」

「唉呀呀……」我忍不住嘆道。「那麼，妳是被當成絆腳石？」

「可以這麼說吧，而且……」

她停頓好一會，爲了吐露痛苦的回憶，或許需要一點時間調適心情吧。

「為了接受上司作媒的婚事，男朋友背叛了我，把我們的事告訴上司。他聲稱對我一點意思也沒有，是我死纏爛打，他一再拒絕我，不斷強調不能違反公司的規定……」

果眞如此，實在是惡劣至極的行徑。

但世上確實可能發生這種事。或者該說，可能發生任何事。現在的我，已是明白世間險惡的年紀。

「以結果而言，我沒跟那種男人結婚，眞的是萬幸。」

「是啊，太好了。」

「當時我難過得不得了。妳想想，上司突然找我過去，指責我違反公司規定，只給一個月的緩衝期，就開除了我……」

「光是『背叛』這個字眼已不足以形容。」雖然事不關己，我仍憤憤不平。「不過，妳怎會知道這些內情？總不可能是男朋友告訴妳的吧？」

「沒錯，就是他告訴我的。」

我聽得張口結舌。

「怎會有如此厚臉皮的人？」

「就是有這種人。」

她發出開朗的笑聲。那笑聲非常自然，沒有一絲勉強。可見歲月已帶給她智慧、力量與回復力。

「他是怎麼說的？」

她苦笑道：「他說『妳應該能夠體會我的心情』，還說『如果妳真心愛我，就要爲我的幸福著想，默默離開才對』……」

我忍不住笑了出來，她也笑著說：

「他就是這樣的男人。我太傻了，才會愛上他。」

「怪不得妳會想殺了他，我完全能夠理解。」

「小姐，換成是妳，會怎麼做？」

「怎麼做？意思是，怎麼殺他嗎？」

「是啊，妳會光明正大地殺了他嗎？然後挺身而出，揭發他的惡行惡狀，讓社會大眾知道妳這麼做是有理由的？」

我不禁陷入沉思。不過，我很清楚，這種情況下沒辦法立即說出「一定要讓他死」的人，絕不可能以那種自暴自棄的方式殺人。

「應該不會吧。我不會採取這樣的手法。爲了那種男人，淪落成殺人凶手，實在太不值得。」

「對吧？我也是這麼想，才打算僞裝成交通意外。就算撞死對方，終究也只是一場意外。」

「等等……」

我說出這句話的同時，收音機流瀉出的音樂變成〈十號街的凶案〉（*Slaughter on Tenth Avenue*），簡直像是故意配合好的一樣。

「這個計畫有瑕疵。妳想想，一旦有人被撞死，警方一定會深入調查吧？只要隨便一查，便會發現妳和死者曾交往。這麼一來，警察就知道案情並不單純。」

「所以啊，小姐。」她淡淡地說：「我決定至少等十年後再下手。」

「十年……」

「沒錯，等到我和他的關係被時間掩沒。」

「但等了這麼久，就算沒人知道你們的關係，殺意也會漸漸被時間沖淡，不是嗎？」

一般情況下是如此。倘若時間無法沖淡一切，沒人能夠走出失戀的傷痛。這意味著，一旦遭遇悲慘的失戀，人生就完蛋了。

「不管經過多少年，這股恨意都不會被沖淡——當時二十歲，只是個青澀小姑娘的我，如此確信。」她頓了一下，接著說：「我並不打算永遠活在怨恨與復仇的念頭中。只要重新振作，想必能獲得更美好的人生。然而，這不表示我可以原諒那個人的所作所爲，不能相提並論。總之，我就是無法原諒他，說什麼也無法原諒他。」

我非常能夠理解她的心情，只是這樣的殺人計畫畢竟不切實際。

「我也想過，十年實在太漫長。」

她忽然嚴肅地說道。那開朗的笑容，彷彿暫時被擱在一旁。

「我實在沒辦法忍受，跟那種人渣活在相同的天空下長達十年。或許五年就夠了。不，或許三年就夠了。有一陣子，我甚至考慮一拿到駕照，立刻動手。我知道他住在哪裡，也很清楚他的生活作息。而且要想出一套脫罪的說詞，並不困難。例如，我開著車子去找他，想跟他復合，偶然看見他下班走在路上，於是朝著他開去，剛要叫住他，不料太緊張，搞錯油門和煞車。畢竟我才拿到駕照一星期，技術不熟練也無可厚非……」

「唔……」我雙手交抱胸前，思索半晌後開口：「這樣的說詞，恐怕有點牽強。」

「果然如此？當時我也這麼想，所以沒付諸行動。最後，我還是決定等十年。」

「正式採用長期計畫？」

「沒錯。」她笑了起來，笑聲恢復最初的爽朗。

「坦白講，十年一眨眼就過去。」

她喃喃低語，我彷彿看見她心中的相簿，正一頁頁翻過去。每一頁都有經過歲月洗禮卻未泛黃的照片，像是無法容下一粒灰塵的紀念品。

「剛被公司開除的時候，我手邊存了一點錢，於是立刻到駕訓班報名學開車……駕訓班的教練是個討人厭的傢伙，那又是一段痛苦的經驗。總之，我順利取得駕照。然而，接下來卻面臨更棘手的問題。」

「更棘手的問題？」

「沒錯，雖然是因感情糾紛丟掉工作，名義上我仍是遭到『解僱』，導致我根本找不到新的工作。」

「啊，原來如此……」

「不僅害父母爲我擔心，生活也變得很艱困。我從小生長的家庭稱不上富裕，沒辦法供已從學校畢業的成年女兒吃閒飯。我眞的非常自責，日子過得十分落魄，甚至考慮乾脆下海陪酒算了。」

我不禁深深感受到，這果然是三十多年前才會發生的狀況。如今二十歲的女性找工作一點也不困難。就算找不到正職，也可暫時打零工。

「雖然考取駕照，但如果一年半載都沒機會開車，馬上就會生疏。所以，我盡可能想找有機會開車的工作。可惜在那個年代，那種工作都由男性負責，女性根本一點機會也沒有。」

「我想也是……」我深深點頭，「時代變了。」

「沒錯，時代眞的變了。」

她感嘆一陣，接著說：

「那段時期，我幾乎對人生絕望。不過，我運氣不錯，或許是狗屎運吧。」

「妳找到工作了？」

「住進有錢人的家裡當女傭。」

我一聽，胸口隱隱作痛。雖說職業不分貴賤，但原本是風光的二十歲上班女郎，竟落得只能當女傭的下場，想必心情很難調適吧。

「我開心得不得了，妳知道爲什麼嗎？那戶人家答應讓我開車。換句話說，我既是家裡的女傭，也是夫人的專屬司機。那戶人家共有三輛車，全是進口車。原本已僱用專門爲老爺開車的司機，但只有一個司機畢竟不太方便，例如夫人想上美容院，或想外出辦事，還是需要有人開車才行。他們希望也將我培訓爲司機。」

她接著描述，最初的半年之間，白天當女傭，晚上就由老爺的專屬司機指導開車。不停在宅邸附近練習，一點一滴地學會駕駛的技巧。

「第一次載夫人出門，我緊張到汗流浹背。從位在椿山莊（註）附近的宅邸，開車到目白車站，竟花了三十分鐘。」

註：位在日本東京都文京區的日式庭園。

「那眞的挺厲害。」

「以前的我，就是這麼一個青澀丫頭。」

當年的那個青澀丫頭，多半還存在於她的內心深處。她疼愛那個青澀丫頭，如同疼愛就讀高中三年級的女兒。

驀地，我有一點羨慕她。到了像她這樣的年紀時，我是否也能如此疼愛過去的自己？

「當時我的心裡，仍一直思考著那個遠大的計畫。」她接著說：「爲了實現計畫，我必須擁有高明的開車技術。畢竟要故意開車撞死人，也不是一件容易的事，沒有相當的技術是做不到的。」

「嗯，我想也是。畢竟要對付的是活生生會走動的人。」

「此外，成功製造死亡車禍後，我希望法官能從寬量刑。雖然早有覺悟要付出代價，但如果可以，最好不用坐牢。要讓法官從寬量刑，我得成爲完全沒有肇事紀錄的優良駕駛。」

「唔……」

我不禁暗忖，她是認眞打算實現這個遠大的計畫。而且她的思路清晰，一切都設想得非常周到。

「還有一點，我需要存款。開車撞死人，當然必須賠錢。雖然可以想辦法壓低金額，但不管怎樣，仍得付出一筆不小的數目。如果我沒有足夠的存款，會給別人添麻煩。」

「妳打算乖乖賠錢？」

「沒錯，畢竟是車禍事故，賠錢是理所當然。」

「妳不覺得很不值得嗎？對方是那麼壞的男人。」

「若那男人一死，導致他的家人生活陷入困境，我會良心不安。」

除了感到欽佩之外，我開始感到有些恐懼。這種經過長時間醞釀，並確實打理好周遭一切的手法，或許才是最可怕的復仇方式。

「我眞的非常努力。」

她似乎沒看穿我的心思，繼續道：

「過了五年，我成爲技術相當不錯的司機。不過，小姐，妳知道嗎？命運實在難以預測，我居然結婚了。」

「哦？」

「結婚的對象，就是我剛剛提到的那個老爺專屬的司機。」

指導者與被指導者的戀情。

「結婚後，我們依然在同一個屋簷下工作。那是一戶很好的人家，老爺和夫人都是好人。」

「妳在那裡工作多久？」

「恰恰十年。」她回答：「後來老爺的公司經營不善，宣告破產。失去宅邸，自然沒辦法再僱用傭人。」

「妳和妳先生後來怎麼了？」

「我辭職待在家裡，丈夫另找一份工作。那時我們有了孩子，於是照顧孩子成為我的工作。」

說到這裡，她忽然笑道：

「妳是不是很在意那個計畫有沒有執行？」

「當然。」

那個遠大的十年計畫，最後有何結果？

「由於太忙碌，我早就把十年計畫拋到九霄雲外。不，其實婚後我就把那個計畫忘得一乾二淨。」

我不禁鬆了一口氣。她大概看到我的表情，那也沒關係。

「我早就猜到應該是這麼回事。」

「是嗎？」

「如果真的執行十年計畫，妳現在怎麼可能做這種工作？」

「也對。」她哈哈大笑，伸手輕觸頭上的白色帽子。那帽子戴得歪歪斜斜，反倒別有韻味。帽緣印著公司的名稱：

「櫻花計程車公司」。

時代眞的變了。三十年前，怎麼可能在深夜坐到由女性司機駕駛的計程車？

想來實在有些不可思議。我搭計程車很喜歡跟司機聊天，總會稱呼對方「司機先生」，然而，遇上女性司機，卻沒辦法稱呼對方爲「司機小姐」。雖然可能只是我想太多，但我就是叫不出口。

或許再過幾年，這樣的現象也會有所改變吧。

「妳先生也在同一家計程車公司嗎？」

「不，他在另一家。『櫻花計程車公司』的老闆是女性，收了許多像我這樣的司機，想藉此展現出公司的特色。」

她說長男高中畢業後，也進了同一家公司開計程車。

「那個時期我們剛買房子，總不能讓丈夫一個人背負貸款。而且我剛剛提到的那個讀高中的女兒，一張嘴也很毒，居然說媽媽外出工作，她的耳根才能清淨……」

「眞是個好家庭。」

「我家的客廳有眞正的檜木柱子喔。」她自豪地說道。雖然坐在後座，我仍清楚看見她的雙頰高高鼓起，露出得意的微笑。

「那是我和丈夫長年的夢想。」

車窗外的景色，不知何時變成熟悉的街景。剛上車時，我只報出住址，後來聊得太起勁，並未詳細告知路徑，但她還是順利將我載到附近。

不愧是專業的計程車司機。

「差不多快到了。」

「嗯，下一個路口左轉就到了。」

車子平順地彎過轉角，停在我家門口。大門的燈早已熄滅。

「小姐，快天亮了呢。」

她調侃我一句。

「我的家人都習慣了。」

「唉呀呀……」

我付了車錢，拿回找零，等著里程紀錄器上的裝置印出收據，她突然又開口：

「其實，我載過他一次。」

「載到誰？」問出這句話，我不禁暗罵自己太笨。還會有誰？

她默默一笑，轉過頭。我終於與她面對面。除了右眼下方有一顆明顯的黑痣之外，她沒什麼特徵，是個典型的「大嬸」。二十年後，或許我也會是這副模樣。

「是什麼時候呢？」我問。

「將近一年前吧。」

「妳一眼就認出他？」

「是啊。」

「這世界眞小……」

「還很喜歡捉弄人。一想到如果沒有他，就沒有現在的我，便覺得他實在是我的大恩人。我應該要謝謝他，給了我一個快樂的人生。」

這不是他給妳的，是妳努力得來的。我在心中如此說道。

「對方沒認出妳？」

「完全沒有。」

「完全？」

「是啊，他根本不曾仔細看我的臉。那時他帶著一個年紀足以當女兒的年輕女孩。但看情況，絕不會是他的女兒。」

她笑了，我也跟著笑了。雖然並未挑明，我們都清楚在笑誰。

「久等了。」

她撕下列印出來的收據，交到我的手上。

「晚安。」

車門自動開啓。

「晚安。」我應道。

載到那男人的當下，不曉得她是什麼心情？那男人如何度過這些歲月？年過半百的他，是什麼模樣？

我有點想追問，卻又覺得其實沒什麼好問。至少在我眼中，她的駕駛技術和那溫和平靜的表情，已說明一切。

我抓著自家大門的門把，忍不住回頭，目送她的車子離開。這是我不曾有過的舉動。紅色的車尾燈彷彿綻放出自豪的光輝，回到深夜的都市叢林。她是名副其實的專業計程車司機。

我沒經過她的同意，擅自寫下這段回憶。雖然猜想她應該不會讀到這篇文章，畢竟這世界相當狹窄。將來或許會有某位讀者搭上她駕駛的計程車。

如果她對你說起這個故事，請耐著性子聽完，不要以「啊，我聽過了」之類的話打斷。她的嗓音搭配著收音機傳出的西洋金曲，帶給你的感動必定會遠勝這篇拙劣的文章。

唯獨這一點，我可以保證。

沒有過去的記事本

1

手臂好痛。

原本想抓住吊環，手臂卻舉到一半就無法再往上舉。主要的原因，當然是還沒適應新型清掃機，但仔細想想，也得怪自己最近太少運動……和也不禁感到有些丟臉。

電車正駛向御茶水站。車廂內沒什麼乘客，雖然有幾個跟和也年紀相仿的年輕人，但並未聚在一起，各自坐在不同的角落。畢竟是平日的下午兩點多，車廂冷清也很正常。

一般的大學生，這個時間都在做什麼？和也不禁思考著。在上課？從事社團活動？打麻將、打小鋼珠，或者看電影？還是，忙著打工賺錢？總之，肯定是輕鬆悠閒地做著想做的事吧。

至少在打工方面，和也不落人後。事實上，今天出門便是爲了前往打工的公司，領取十天發一次的薪水。打工的所有收入，全是他的零用錢。大學的學費是由父母全額支付，再加上沒搬出去住，自然毋須煩惱房租和生活費。在這層意義上，和也算是悠閒的大學生。但和也毫無根據地想像出的「悠閒的大學生」，跟自己仍有一個極大的差異。那就是他一點也沒辦法享受現在的生活。

電車停靠在御茶水站，月台上有不少年輕人。車門開啓，和也往車廂的深處移動。他不再於這一站下車（說得更明白些，是無法於這一站下車），算起來將滿一個月。起初，就算不是要去學校，而是像今天一樣要前往中野，他也會在御茶水站下車，轉搭中央線的快車。可是現下的和也，連這一點都做不到。當然，理由之一是擔心會在月台上遇見認識的人，更重要的是，在御茶水站下車卻不去學校，會帶來強烈的自責與罪惡感，他實在無法承受那種恐怖的心理壓力。

剛入學的和也，作夢也沒料到會變成這樣。當時，他甚至不記得世上有「五月病」（註）這個詞彙。原本在和也的心裡，那是跟他八竿子打不著的疾病，類似霍亂或痢疾。

沒想到，如今他竟變成這副德性。

再過幾天，五月就要結束。望向車窗外，在耀眼陽光的照射下，東京街頭顯得如此燦爛明亮，甚至可說帶著一股傻氣。再過不久，就要邁入陰雨綿綿的六月，或許太陽是出於一片好意，要讓大家趁現在多多接受陽光的洗禮。

電車繼續朝著中野前進。由於每站都停，速度當然不快。行駛到飯田橋一帶，就被後頭的快車追上。兩車的距離時近時遠，但快車的紅色車廂順暢地超越。和也有一種錯覺，彷彿那快車上的一大群年輕人，在人生的競賽中逐漸超越自己。

經過四谷站，車內變得益發冷清。和也回到車門邊，想看看千駄谷站的月台及鐵軌兩側盛開的杜鵑花。和也從以前就很喜歡杜鵑花，除了搭電車之外，生活中沒什麼機會賞花。

每次和也都會趁電車停靠月台的短暫時間，數數車廂外的杜鵑花有幾株。每隔十天，和也就會搭電車經過這個地方。去程和回程都會數，但從來不曾數完。

跟十天前相比，今天許多花都凋謝了。杜鵑花的花季一結束，春天也將接近尾聲。如果五月病能夠隨著春天一起離開就好了……

電車逐漸駛離千駄谷站。和也數到第四十七株，剩下的已看不清楚。於是，他離開門邊，走向通道，打算在抵達中野前坐一會。一到新宿，車廂內會變得相當擁擠，得趁早坐下。

此時車廂內空空蕩蕩，要坐哪裡都沒問題。和也一坐下，便看見對面座位的上方棚架放有一本雜誌。由於對面座位沒人，那本雜誌應該是之前有人看完，丟在車廂裡沒帶走。

和也心想正好，這本雜誌就由我接收了吧。於是，他站起來，朝雜誌伸出手。取下的瞬間，忽然有樣東西掉下來。

和也愣了一下。那東西撞上他的肩膀，落在車廂內的地板上。

註：日本以四月爲新年度的開始，不管是入學、升年級或新鮮人踏入社會，因此進入五月，有些人會無法適應新環境，出現憂鬱的症狀，稱爲「五月病」。

仔細一看，是記事本。頗為常見的商務記事本。藍色封面，是洗練的直式設計。

接著，和也望向手裡的雜誌。那是女性月刊雜誌，有著滿滿的圖片和廣告。記事本原先夾在雜誌裡，在和也拿起雜誌時掉了下來。

和也稍稍環顧四周，車廂裡共有五名乘客。最靠近他的是兩名中年婦人。她們坐在一起，聊得正起勁。剩下的三名乘客互不相識，有的在看書，有的在打瞌睡。沒有一個人的視線是朝著和也，當然也沒人突然說出「啊，那是我的雜誌」之類的話。於是，他撿起記事本，回到座位坐下。

和也暫時將女性雜誌擱在一旁。雜誌名稱是《COLLECTION》。早知道是女性雜誌，就算被人丟在棚架上，他也不會伸手去拿。裡頭介紹的美容保養、減肥及各種場合都適用的春季套裝之類的主題，他一點都不感興趣。

藍色記事本看起來還是新的。封面光滑平整，內頁毫無褶皺。由於封面和封底都沒有任何標誌或圖案，不像是銀行或出版社印製的贈品。

翻開封面，首先看到的是橫跨兩頁的一大張行事曆。那是今年的年曆。後頭有部分淡藍色內頁，是各種公家機關、知名飯店及公共設施的電話號碼一覽表。這些都是事先印刷好的。

和也再次環顧四周。此時已接近新宿站，電車逐漸減速，車廂微微搖晃。兩名中年婦人匆匆起身，拿著原本放在腳邊與座位上的百貨公司提袋。兩人的提袋加起來有六、七個之多。
沒人注意到和也的舉動。即使如此，翻開記事本的內頁（尤其是中間的部分），他仍有些躊躇。畢竟原本夾在女性雜誌裡，雖然封面是藍色，持有人極可能是女性。
抵達新宿站，門一開啓，月台上的乘客全湧進來，車廂裡頓時變得吵吵鬧鬧。趁著混亂之際，和也鼓起勇氣翻開記事本的中間內頁。
全是空白。左右兩頁合起來是一星期份的欄位。不管往前或往後翻，都找不到手寫的字跡。看來，這眞的是剛買來的全新記事本。
翻完行事曆，和也迅速瀏覽通訊錄。確認是全新的記事本，就不用客氣了。反正這樣的記事本，不過五百圓左右，送去失物招領處實在有點小題大作。好吧，那就收下了……
正當和也這麼想著，頁面上赫然出現手寫的文字。
「吉屋靜子」……
相當工整，像是女性的筆跡。還寫上地址和電話號碼。足立區綾瀨三丁目凱撒大樓三〇三室。
和也將記事本重翻一遍。除了通訊錄的那個名字和地址之外，找不到其他手寫的文字。記事本的最後一頁可塡入持有人的姓名和地址，但那裡也是一片空白。記事本只寫了吉屋靜子的姓名和地址。
應當不會有人在記事本通訊錄寫下自己的姓名和地址，可見吉屋靜子是與記事本持有人認識的人。兩人想必非常親近，持有人才會在買了記事本後，馬上寫下吉屋靜子的聯絡方式。

接著，和也拿起《COLLECTION》雜誌。整本雜誌全是時尚的照片，散發出一種奢華感。和也隨意翻了兩下，便確定這是以「成熟女性」爲目標讀者的雜誌。連刊登的廣告，也多是外國的化妝品或香水品牌。由此可知，藍色記事本的持有人，約莫是超過二十歲的女性。和也幻想出一個身穿俐落套裝、沉穩端莊的美女……就像是電視上的新聞主播。

可以肯定的是，這名女性十分粗心。雜誌也就罷了，連記事本也忘在車上，或許是太急著下車。

要不要聯絡持有人，把記事本還給她呢？真的要歸還，只能聯絡這名姓「吉屋」的女性，打聽記事本持有人的聯絡方式……難不成要詢問「最近妳的朋友當中，有沒有人剛換記事本」？

和也暗自苦笑。如果在電話裡這麼說，還來不及解釋，對方就會誤以爲是惡作劇，掛斷電話。算了，先放著吧，反正不是什麼昂貴的東西。

驀然間，和也感覺車廂內變得比剛剛更加嘈雜。抬頭一看，才發現電車已抵達中野站。他趕緊捲起雜誌和記事本，握在手裡，匆匆走下月台。

「哥哥，這是什麼？」

這天晚上，吃完晚餐，和也拿著報紙隨意翻看，都子突然問道。都子剛洗好澡，肌膚看起來晶瑩透亮，卻戴著一頂古怪的帽子。聽說不管是用吹風機吹乾，還是拿毛巾擦乾，髮絲都會受損，所以要戴上這種帽子，讓頭髮自然風乾。都子曾天花亂墜地解釋，和也聽得似懂非懂。一戴上那頂黃色帽子，都子簡直像是白雪公主身邊的小矮人。如果那頂帽子眞的那麼神奇，爲什麼妳還是一天到晚修剪分岔的頭髮？和也這麼質疑過，都子噘嘴抱怨哥哥太失禮，甚至要求零用錢當賠禮。因此，在和也眼中，那是一頂充滿痛苦回憶的帽子。

都子指的正是那本《COLLECTION》雜誌。和也放在客廳的雜誌架上，被都子發現了。

「還能是什麼？當然是雜誌。妳不是愛看這種雜誌嗎？」

「愛看是愛看……」都子在沙發上坐了下來，「我的意思是，哥哥爲什麼買這種雜誌？」

「不是買的，是撿到的。」

「撿到的？」都子瞪大那雙原本就圓滾滾的大眼睛，「在哪裡撿到的？」

「電車裡。」

「不會吧……是在棚架上？」

「對呀，不行嗎？」

「做這種事太難看了。」都子一邊說，一邊不停以掛在脖子上的毛巾擦臉。毛巾不能拿來擦頭髮，擦臉倒是挺用力。

「我是特地撿回來給妳看的，妳不看就算了。」

「倒也不是不看。」都子急忙應道。

「像這樣的雜誌，我不會自己買。」

「怎麼說？」

「太貴了，而且雜誌裡介紹的東西，距離我太遙遠，只能稍微拿來參考。」

都子從雜誌架上取下那本《COLLECTION》，隨手翻了起來。

「果然……妳看這種雜誌還太早？」

都子今年就讀高中三年級，跟和也只差一歲，身高足足有一百七十公分。現在雖然是和也比較高，但過去有一段時期，不管是身高或體重和也都輸給妹妹。

「是啊，既然要從電車上撿，怎麼不撿《anan》或《non-no》？如果我已出社會，《JJ》也行。」

「媽媽呢？她也不看《COLLECTION》？」

都子轉頭覷了在廚房忙碌的母親一眼，笑道：

「媽媽一向都是看《家庭畫報》，不是嗎？《COLLECTION》是給三十歲左右的女生看的雜誌。」

果然沒錯……和也暗自點頭。他的腦海再度浮現苗條的知性美女身影。

和也重新看起報紙，都子翻開那本雜誌。她一邊翻，嘴裡一邊咕噥，一下說「好貴」，一下說「這個好漂亮」，吵得和也沒辦法專心。經濟版有一篇特別報導，主題是新世代遊戲主機的市場競爭現況，和也頗感興趣，看得入神，都子則在一旁獨自喋喋不休。

和也如此關心遊戲主機的報導，當然是有原因的。有個高中時代的社團學長，前陣子向大學申請休學，與一群朋友共同創辦一家遊戲軟體製作公司。上次他與學長見面時，學長曾詢問：「如果你覺得讀大學沒什麼意思，與其每天無所事事，要不要乾脆來我這裡工作？」和也坦承自己從來不打電動，而且對電腦程式一竅不通，學長卻說：「沒關係，只要會開車就行了。絕對比你在清潔公司打工好得多。」和也想了一下，表示需要一點時間考慮，後來就這麼擱置，遲遲沒回覆學長。

當時學長拍胸脯保證，遊戲製作公司一定能賺大錢。但和也心裡明白，這幾年經濟不景氣，在遊戲業界要賺大錢恐怕沒那麼容易。況且，學長開的明明是遊戲製作公司，卻希望和也會開車，他有些難以釋懷。說穿了，學長只是想找人去幹粗活、處理雜務吧……

到頭來，和也究竟想做什麼，自己也不明白。明明完全不想到學校上課，卻沒辦法下定決心徹底放棄學業。何況，就算離開學校，下一步也不知道該怎麼走。和也就讀的大學雖然稱不上是一流大學，只要能夠平安畢業，找工作應該會容易許多。連大學都沒畢業，要就業恐怕會成爲難題。假如非常清楚想做什麼，休學或許不壞，但即使想破了腦袋，他仍想不出值得追求的目標。

和也想起高中接受升學輔導時，級任導師曾這麼問：「你也想考經濟學部？每個想讀大學卻不曉得將來要做什麼的男同學，都說打算考經濟學部……你想不出來以後要做什麼嗎？」

「想想真是太浪費了。哥哥，你說對吧？」都子忽然開口：「……哥哥，你在發什麼呆？」

「怎樣？吵死了。」

「這個啊。」都子拍了拍《COLLECTION》的封面，「要一千圓，居然丟在電車裡……你不覺得太可惜了嗎？」

原來那本雜誌要一千圓……和也根本沒注意定價。

「或許不是故意丟掉，只是忘記帶走。」和也回道。

「是嗎？如果是這樣，怎會放在棚架上？」

「原本裡面夾著記事本。」

都子愣了一下，說道：「咦，那應該要還給人家吧？」

她慌張地整理起翻得皺巴巴的雜誌頁面。

「哥哥，你真是的，怎麼不早點說？」

都子那副控訴哥哥忘恩負義的表情，讓和也忍不住笑了出來。

「根本不知道是誰的，怎麼歸還？」和也解釋來龍去脈後說道。

「還是，跟那個姓吉屋的小姐聯絡看看？」

「有必要這麼小題大作嗎？」

都子想了一下，搖頭笑著說：「也對。」

「眞的打了電話，對方會感到害怕吧。如果立場對調，妳應該也會害怕，不是嗎？」

「嗯，其他東西也就罷了，記事本實在太敏感……」都子忽然又歪起頭，「話說回來，這情況有點怪。一般女生搭電車，應該不會把隨身行李放在棚架上。」

「這不是隨身行李，是雜誌。」

「雜誌更不可能。你想想，這種東西放進包包裡不就好了嗎？最近流行特別大的肩背包，你在路上應該也常看見吧？」

沒錯，不管是在新宿或澀谷，都可看見許多揹著大包包的女孩。和也平日打工的那家位在中野的清潔公司，每次負責發薪水給他的是出納課的女職員。有一次，和也與那名女職員碰巧一起走回車站，她確實也帶著簡直像是三天兩夜旅行用的巨大黑色包包。

「像我這樣長得人高馬大，要把東西放到棚架上，當然是不費吹灰之力……」都子故意噘起嘴，酸溜溜地說道。由於父母和親戚的觀念保守，經常背著都子說出女孩長得太高不好看之類的話。都子相當在意，總是爲此鬧彆扭或發脾氣。

「但如果是一般的女孩，要把東西放上棚架沒那麼容易。尤其人多的時候，根本是不可能的任務。」她接著道。

和也想起，今天在電車上遇到的那兩名中年婦人，確實是把百貨公司的提袋放在腳邊或座位上。不過當時車廂很空，約莫也是原因之一。

「而且，既然帶著雜誌搭電車，就是打算在電車上看吧？如果電車裡人太多，沒辦法看雜誌，或是看完了，想把雜誌帶回家，女生應該會拿在手上，或放進包包裡。反過來說，如果放在棚架上，一定是不想要這本雜誌了。」

和也有些佩服地說：「原來妳的腦筋還不錯。」

「只有在討論這種無聊瑣事的時候，我才會變聰明啦。」不等和也取笑，都子先自我解嘲。「我的推理還沒結束。既然買了雜誌，女生便會把雜誌帶回家。看完就想丟掉的雜誌，女生打一開始就不會買。即使是漫畫雜誌，也會先帶回家。或許回家後會丟掉雜誌，但在外頭絕不會把雜誌放在電車的棚架上。根據我的經驗，這一點絕不會錯。從以前到現在，我不曾看到有人把《anan》放在電車的棚架上。」

「眞的嗎……？」

「當然是眞的。像這本《COLLECTION》，也不是看完就會隨便扔在棚架上的雜誌。畢竟是月刊，而且一本要一千圓。就算是男生，也不會隨便把月刊雜誌放在棚架上吧。如果是體育新聞報紙之類的，或許還有可能……爸爸每個月看的《文藝春秋》雜誌，不也都會帶回家裡嗎？」

和也、都子的父親是機械製造廠的技師，雖然是技術人員，但比起專業領域的雜誌或書籍，更喜歡閱讀一般的商業書籍和綜合雜誌。

「原來如此，我全都明白了……但妳到底想表達什麼？」

都子擺出若無其事的表情，說道：「沒什麼，只是想表達我覺得很奇怪。你怎麼還不去洗澡？」

於是，和也走出客廳，想進浴室洗澡。此時，母親還在廚房忙著做料理。由於父親每天晚上都很晚回家，母親必須準備一人份的晚餐放在桌上。經過廚房，母親囑咐「明天我想清洗浴室，今天晚上你別在浴缸裡放太多水」，和也隨口答應。

父母都不知道和也心情鬱悶、提不起幹勁，好一陣子沒去學校上課。畢竟這種話實在說不出口。只要和也不說，父母多半不會發現。就算科目被當掉，甚至是留級，應該也能隨便找個藉口蒙混過去。大約十五歲以後，除了日常生活中必要的對話之外，和也變得很少與父母交談。詢問過一些朋友，發現情況大同小異，因此和也並不認爲自己的家庭有什麼奇特之處。

在浴室裡洗頭，和也依然感覺手臂隱隱作痛。明天還是得繼續使用新型清掃機。而且明天要清掃的那棟大樓，是和也負責的區域裡最大的一棟。

和也不討厭拖地、擦窗戶之類的清掃工作。一來能夠獨立作業，二來在工作的過程中能夠放空心思。和也甚至想過，就算將來一直做這份工作也無所謂。父母曾說，與其在特種行業打工，不如做以汗水換取收入的工作，更給人腳踏實地的感覺。

但父母這麼說，自然是以「打工」爲前提。如果父親得知和也沒到學校上課，每天去清潔公司打工，就算他的工作表現在清潔公司備受稱讚，父親仍會氣得直跳腳吧。

泡著熱水澡，外面傳來父親回家的聲音。和也不想遇上父親，趕緊躲進自己的房間裡。樓下不時響起都子的宏亮嗓音，以及父母親的笑聲。和也一直在房間裡發呆，就是不想走出去。

那藍色的記事本，就放在房間裡的書信架。就寢前，和也再次拿出記事本，看著上頭寫著「吉屋」的字跡，忽然有股衝動，想打電話給這個人。跟都子交談後，和也對記事本的持有人產生些許興趣。搞不好對方是男人……

（算了，別沒事找事做。）

何況，如果是男人，就一點意思也沒有了……

接下來的日子，和也將藍色記事本忘得一乾二淨。雖然沒丟棄，但完全忘了它的存在。

直到一星期後，在報紙上看見「吉屋靜子」這個名字，記憶才重回他的心頭。

2

這天，和也來到位於荒川區町屋的一棟小公寓。與另一名資深的女性職員合作，打掃門口大廳、地板、外圍走廊，以及整理垃圾集中場。

由於這棟公寓是採巡迴管理制（註），和也打工的清潔公司只負責打掃，加上公寓不大，只有四層樓，只花兩小時就結束了。和也清掃完門口大廳，資深女職員也剛好整理完垃圾集中場回來。

「附近的鄰居給我一張傳單。」女職員說道。

那似乎是一張由社區自治會印製的傳單，標題是：「提防蓄意縱火！」

「聽說這一帶最近常發生毫無理由的惡意縱火，歹徒連公寓也不放過，對方請我貼在公寓的入口大廳。」

根據傳單上的內容，從去年底到現在，墨田、荒川、足立三區共發生十一起縱火案。歹徒下手的目標大多是老舊的木造平房，有時也會找公寓的垃圾集中場等處下手，好幾起案子因住戶發現得太晚而造成傷亡。下面列出十一起縱火案的發生地點和社區名稱，文末呼籲大家發現可疑人物要立即通報。

「差不多是從這裡開始……」資深女職員指著縱火地點列表上的後半段，「連報紙上也有報導，而且用了很大的標題。發生在足立區這棟公寓的縱火案，是第一起有人受傷的案子。」

女職員指的足立區公寓，在列表上排在第八個，發生火災的時間爲五月十五日深夜。

「眞的得小心一點才行……我來看看報紙上怎麼寫吧。」和也說道。

註：指一名管理員同時負責好幾棟公寓，僅在特定的日期和時間才會前去處理事務的管理制度。

清潔玻璃門或玻璃窗，通常會使用舊報紙再擦拭一次。因爲報紙上含有油墨，能夠讓玻璃不容易變髒。此時和也的腳邊，有一大疊從垃圾集中場取來的舊報紙。

既然是十五日晚上發生的火災，應該會刊登在十六日的早報上。兩人合力尋找，很快就找到十六日的早報。縱火案的新聞放在社會版的角落，標題橫跨三段，寫著「傳統社區數度遭縱火」。

內文指出，遭縱火的是綾瀨三丁目的凱撒大樓。火舌從垃圾集中場竄出，延燒到二樓的住戶陽台，不巧陽台上堆放大量紙箱，導致火勢迅速蔓延，引發不小的騷動。

「所以，陽台絕不能堆放東西。」女職員站在和也的身邊，看著報紙上的記載，一邊咕噥道。「聽說受傷的就是住在二樓的人。」

然而，和也想著完全無關的事。位於綾瀨的凱撒大樓……似乎在哪裡聽過……

下一秒，和也就想起來了。是那藍色的記事本。名叫吉屋靜子的女性，不就住在位於綾瀨的凱撒大樓嗎？

和也將早報塞到女職員的手裡，繼續在報紙堆裡翻找，想找出當天的晚報，或許會有後續報導。

「怎麼了？」

「呃……我有朋友住在這棟公寓裡。」

「咦，眞的假的？」

和也順利找到當天的晚報。雖然有點破爛，他仍立刻翻開社會版，仔細查看每一則報導。有了！雖然版面比早報小，但確實是同一起案子的後續報導。

不，嚴格來說，不算是縱火案的後續報導。根據內文的描述，凱撒大樓的火災造成兩人受傷，成功滅火後，消防署與公寓管理公司逐一確認所有住戶的安危，竟發現一名女性下落不明。

那就是住在三〇三室的吉屋靜子。

和也緊握著手中的報紙，驚訝得說不出一句話。這是怎麼回事？報導中又指出，吉屋靜子似乎早在發生火災前就失蹤了。屋裡的所有家具擺設都毫無異狀，本人卻不知去向，完全聯絡不上。報導最後以「這可能是與縱火案無關的另一起離奇失蹤案」總結。

和也盯著報紙上的「失蹤」二字，感覺一股寒意竄上背脊。

「眞是奇怪的案子。」女職員讀過和也手上的報紙內容，又瞧了瞧和也的神色，問道：「這個意思是，縱火案偶然牽扯出另一起失蹤案？喂……田中，你還好嗎？」

和也眨了眨眼，望著女職員說：

「抱歉，今天的工作日誌，能請妳幫忙塡一下嗎？我想去這個地方看一看……」

從町屋到綾瀨，搭電車約十幾分鐘。和也在綾瀨車站前找到一家書店，買了足立區的區內住家地圖。翻開一找，確實有凱撒大樓這棟公寓，距離車站不遠，走路就能前往。

路線單純易懂，不用擔心會迷路。凱撒大樓是一棟面對大馬路的七層公寓建築，外牆為紅磚色，建築物看起來還很新。建築物的下半部蓋著一層藍色塑膠布，在風中微微搖曳。走近一瞧，塑膠布底下覆蓋的正是垃圾集中場。該處因火災而呈現一片焦黑，目前似乎在進行修復作業。一名工人在旁邊忙碌地拌著漿土。

走到大門口一看，這棟大樓的大門採自動上鎖系統，門旁有著一排排的住戶信箱。三〇三室確實貼著「吉屋」二字，而且是印刷字體。信箱必須以鑰匙開啓，和也朝三〇三室的信箱投遞口探看，裡頭一封信也沒有，只放著一些小張的宣傳單。

信箱的左側，是一間小小的管理員辦公室。對外窗口拉上了窗簾，玻璃內立著一塊牌子，寫著「本公寓採巡迴管理制。若遇緊急事態，請撥打以下電話」。最後的署名是「東都住宅管理公司業務第二課」，及東京都內的電話號碼。

和也離開門邊，走向剛剛那名工人。只見工人以鏝刀抹平漿土，將紅磚片貼在牆面。

「請問一下，這棟公寓半個月前是不是曾發生火災？」

工人轉過頭來。他的年紀約三十五歲，膚色曬得黝黑，看起來非常健康。

「是啊，就是這裡。」工人毫無隱瞞，和也有些意外。

「報紙上說，有位女士下落不明，不知道那位女士回來了嗎？」

「這個嘛……我也不清楚，或許你可以問問管理公司。」

「住在隔壁的鄰居會知道嗎？」

工人揮了揮沒拿工具的左手，表示不必白費力氣。

「這棟公寓白天幾乎沒人，大家都去上班了。在這裡施工一星期，我一個人也沒遇上。」

和也道了謝，回到大門口，記下管理員辦公室的電話號碼，到附近尋找公共電話。

和也在電話中聲稱有一些關於凱撒大樓的問題想要詢問，總機人員立刻爲他轉了電話。接電話的人自稱是負責人員的上司，告知負責人員目前不在座位上。和也還沒提出問題，對方忽然冒出一句「垃圾集中場再兩、三天就能恢復正常」，可見應該是花了太多時間整修，許多人打來抱怨。

「不，我不是想問這個……撲滅火災後，你們不是發現三〇三室的吉屋小姐不知去向嗎？不曉得查出她的下落了沒？」

對方沉默片刻，有些嚴肅地問：「你跟吉屋小姐認識嗎？」

和也心想，此時實話實說，只會引來對方的懷疑，不如自稱是吉屋的朋友。

「對，我們認識，只是不太熟，所以我一直不知道吉屋小姐失蹤。」

「你想知道她的下落？」

「不，我只是想確認她有沒有回來。」

「她還沒回來，依然下落不明。」

還沒回來……

「她的房租呢？這個月有按時繳交嗎？」

「那是買斷型的公寓，不是出租公寓。每個月的管理費都從帳戶自動扣繳，目前並無欠繳的情況。」

「那麼，她可能只是出遠門不在家嘍？」

「是啊。」對方長嘆一口氣。「何況也沒給街坊鄰居添麻煩。」

「警察怎麼處理？」

「火災剛結束，警察調查過一陣子，現在就不得而知了，沒聽說還在繼續查。搞不好過一陣子，吉屋小姐就會回來，我猜警察應該沒再查下去了吧。」

「負責凱撒大樓的人員什麼時候會在公司？」

對方好一會沒說話，電話另一頭傳來紙張的翻動聲。半晌，對方才說：「四點。要不要安排你們見一面？」

「好，方便過去拜訪嗎？」

「可以是可以，但我們公司也只負責清潔凱撒大樓而已，負責人員不見得清楚住戶的事情……對了，他姓土田，請問貴姓？」

「啊，我姓田中。」

由於「田中」這個姓氏實在太常見，和也擔心對方懷疑他使用假名，趕緊澄清：

「我真的姓田中。我叫田中和也。」

「好的，我明白了。」對方笑著掛斷電話。

凱撒大樓的負責人員土田，年紀跟和也的父親差不多。雖然身高不高，但體格結實，理了個大平頭，一副練過柔道的樣子。他似乎沒料到和也的年紀這麼輕，起先有些驚訝。

「聽說你跟吉屋小姐認識？請問你們是什麼關係？親戚嗎？」

「不，我們不是親戚。她是我朋友的朋友。」

和也當然不敢說出他連吉屋小姐長什麼模樣都不知道。

土田似乎原本已打算下班回家，兩人就站在東都住宅管理公司的入口大廳角落說話。旁邊有數張椅子及一張小桌子，桌上放著菸灰缸和一盆花，似乎是供客人使用的吸菸區。

「真是不好意思，我對吉屋小姐的近況一無所知。那棟公寓採巡迴管理制，我和吉屋小姐只是遇見會打個招呼而已。」

和也點點頭，「我明白。我上班的地方，與貴公司一樣是清潔管理公司。」

「噢，真的嗎？原來你不是學生？」

土田的笑容多了幾分親切。和也心想，如果老實告知他是學生，只是得了五月病不想上學，搞不好他反倒會問東問西，於是簡單回答：

「我是學生，我指的是打工的公司。」

「你負責哪些區域？」

「我負責的是荒川、墨田、台東那一帶。我家在江戶川區，公司在中野。」

「你們公司負責的範圍眞大。」

土田從外套的內側口袋取出Caster牌香菸，點了一根。他一身沒打領帶的非正式西裝，腳上穿著運動鞋。在和也打工的公司裡，有不少像土田這樣打扮的人。通常男人到了土田這個年紀，卻還在住宅管理公司當跑外務的基層職員，多半是原本的公司因經濟不景氣而倒閉，或遭到裁員，只好在這種地方暫且窩身，混一口飯吃。因此，這種人大多看起來悶悶不樂，整天愁眉苦臉。然而，土田似乎並非如此。他心滿意足地抽著菸，似乎自認度過充實的一天。

每星期只到凱撒大樓打掃數次的土田，對吉屋靜子的近況一無所知也是理所當然。於是，和也換了提問的方向。

「凱撒大樓看起來還很新，聽說是買斷型的公寓？吉屋小姐是一個人住嗎？」

「好像是，我不敢肯定。」

和也試著套他的話：「說起來，吉屋小姐實在厲害，這麼年輕就買房子。」

這一招奏效。土田頻頻點頭，顯然對這個話題頗感興趣。「是啊，她看上去頂多三十二、三歲，而且實在不像有工作。」

「她幾乎整天都待在公寓裡？」

「是啊。那棟公寓的每一戶都是小坪數，沒有大坪數的家庭型格局。你應該也知道，這年頭的年輕女人流行買公寓，凱撒大樓就是看準這個商機建造。所以，那棟公寓的住戶白天都上班去了，十分冷清。當然，這沒什麼不好，至少打掃起來比較輕鬆。不過，從前倒是經常見到吉屋小姐。就算是平日的白天，她也都待在家裡。有時她外出購物回來，就會跟我遇上。她不僅長得漂亮，而且很注重穿著打扮。」

和也煞有其事地點點頭，腦海再度浮現當初撿到藍色記事本時，幻想出的纖瘦知性美女。

「她經常外出？」

即使白天都在家裡，也可能是在自家工作的ＳＯＨＯ族。不曉得她的收入來源是什麼……？

「這我就不清楚了。」

「你知不知道吉屋小姐平常會去什麼地方……」和也話還沒說完，土田便搖搖頭，於是他趕緊說：

「也對，不可能會知道。」

「畢竟我並沒有住在那棟公寓裡。」土田笑道。他一笑，臉上登時擠出皺紋。

「她跟鄰居有往來嗎？」

「應該完全沒有吧。否則，就算沒發生火災，大家也會發現吉屋小姐不見了。」

據說發生火災後，消防署的人員挨家挨戶地敲門，確認公寓內的所有住戶都平安無事。

但吉屋靜子的住處無人回應，隔天早上，他們又試著打電話，依然無人接聽。

「垃圾集中場起火，冒出不少濃煙，還傳出瓦斯外洩的消息，場面變得一團混亂。」

到了下午，還是聯絡不上吉屋靜子。消防署人員與管理公司商量，決定請鎖匠打開吉屋靜子住處的大門。土田與第一次接和也電話的那個上司都在現場。

「搞不好吉屋小姐只是出國旅行，我認爲其實不必那麼小題大作。就算是到了今天，我還是這樣想。畢竟吉屋小姐的家裡維持得很乾淨，沒留下垃圾，冰箱也都清空了。」

「原來如此。」

聽起來，確實很像吉屋靜子只是外出長期旅行而已。獨居的人在長期離家前，清空垃圾桶和冰箱也是合情合理的舉動。

「既然是這樣，警察怎會認爲是失蹤？」

「那場火災是蓄意縱火案的其中一起，才會驚動警察。懷疑她失蹤，或許是因爲她過著獨居生活吧。畢竟最近發生不少可怕的凶案，警察不敢掉以輕心。」

土田說得輕描淡寫，接著突然「啊」了一聲，匆匆捻熄手裡的菸。

「對了，電話答錄機也是原因之一。」

他接著解釋，吉屋靜子的家裡有電話答錄機，卻呈現關機的狀態。

「警察認爲，如果是長期旅行不在家，應該會開啓電話答錄機。這一點確實有些蹊蹺，當然也可能只是忘記了。」

土田表示，依他所知，警察後來並未採取任何調查行動。想想倒也沒錯，不太可能基於這麼一點理由就展開調查。這件事會上報，只是因爲跟連續縱火案扯上關係，增添不少懸疑的要素。

「再過一陣子，搞不好她就會提著大行李箱回來。」土田一派輕鬆地說道。

此時和也的心情，已不像在報紙上看到「吉屋靜子」這個名字的當下那般緊張。發生火災的日期是五月十五日，到今天已過二十天，如果是前往歐洲或美國旅行，二十天似乎不算太長。

但關於藍色記事本，和也仍有些無法釋懷。事實上，和也的立場跟警察、消防署人員及土田等人唯一的不同，只在於藍色記事本。全新的記事本，上頭只寫著一個女人的名字，而這個女人如今下落不明……眞的是偶然嗎？

「不好意思，沒幫上什麼忙。」土田看了一眼手錶，接著說：「不過你別太擔心，先觀望一陣子吧。」

和也應聲「好」，向土田鞠躬道謝。既然問不出吉屋靜子的下落，繼續跟土田談下去也沒有什麼意義。

然而，剛要走出東都住宅公司，和也忽然又想到一個問題。既然凱撒大樓是一棟新建的公寓，那吉屋靜子搬進去之前，住在哪裡？

「抱歉，我還想問一個問題。」和也轉頭對著一臉錯愕的土田說：

「吉屋小姐搬進凱撒大樓之前，住在哪裡？」

土田笑了出來，「我怎會知道？」

和也早猜到土田會這麼回答，接著問：

「我想也是，不過那棟公寓不是剛蓋好嗎？她剛搬進來時的狀況，你有印象嗎？」

「凱撒大樓是大約一年半前落成。對外銷售沒多久，吉屋小姐就搬進來了。」

「你記得她委託的是哪間搬家公司嗎？」和也走上前，「垃圾集中場應該有一些紙箱吧？那上面印的是哪間搬家公司呢？」

每當有新住戶遷入，接下來總會有好一段日子，垃圾集中場會出現大量垃圾。除了不再需要的家具和家庭用品之外，還會有不少紙箱。有些搬家公司會在隔天派人來回收紙箱，但畢竟不可能一口氣把所有紙箱整理出來，所以會陸陸續續拿出來丟棄。和也進行打掃工作的時候，只要看到大量的紙箱，就知道有人搬家。

土田沉吟，「這個嘛……」

「大型搬家公司應該不多，想得起來是哪間嗎？」

土田雙手交抱胸前，露出思索的表情。或許他天生樂於助人，加上從事相同工作的和也讓他感覺不是外人，所以他十分認眞回想，並未反問「你是她的朋友，怎麼連這個也不知道」。

「好像是利賓搬家中心吧……」土田沒什麼自信。「吉屋小姐搬進公寓的時候，家具並不多，只有一輛兩噸的卡車……那天恰巧是我打掃的日子……」

下一秒，他的表情豁然開朗，點點頭說：「沒錯，是利賓搬家中心。吉屋小姐搬進來沒多久，四樓也有人搬進來，搬家公司同樣是利賓。我還笑著跟利賓的人說，你們公司的業績眞是蒸蒸日上……我記得很清楚，後來我問利賓的人，能不能順便收走三〇三室拿出來的紙箱，對方居然表示要額外支付費用。」

利賓是業界的大型搬家公司之一，電視上經常有他們的廣告。搬家公司接下委託後，一般是由搬家前的居住地分店或分部，負責執行業務。和也打電話到利賓的綾瀨區分部詢問，原本只是姑且一試。沒想到因爲利賓是大型企業，所有地區的客戶資料都會統一在電腦上建檔管理。對方一查，立刻便查出吉屋靜子是去年一月十五日搬進綾瀨凱撒大樓的三〇三室。至於吉屋靜子的舊址，當然也已建檔。

和也料到接電話的利賓職員會詢問「爲什麼要查吉屋靜子的舊址」，早就想好一套說詞。他自稱是金融業者，礙於某些涉及隱私的理由，必須盡快與吉屋小姐取得聯繫，卻不知道她的下落，正透過各種管道調查她可能居住的地點。

捏造這樣的謊言，實在對吉屋靜子有點不好意思，但這也是沒辦法的事。利賓身爲搬家公司，接過各種基於特殊理由搬家的案子。由於這種企業上的特殊性，對方幾乎毫不懷疑地相信和也的說詞。和也在負責的公寓進行清掃作業的時候，也曾遇到兩個眼神凶惡的男人，不斷纏著他詢問「某人是不是住在這裡」，以及「知不知道這個人先前的住址」。

吉屋靜子先前的住址是在川崎市宮前區。但從那住址看來，似乎是獨棟建築，實在不像是女性獨居的地方。換句話說，很可能是吉屋靜子的老家，和也心中多了幾分期待。

由於利賓的人員不肯告知電話號碼，和也趕緊找了公共電話亭，以剛剛問到的住址向一〇四查號台詢問電話。

一問之下，該住址登記的屋主確實姓吉屋，是一位男性，全名是吉屋信彥。和也心想，這個人大概是吉屋靜子的父親吧。

和也記下電話號碼，正要撥打，突然猶豫起來。現在已接近晚上七點，雖然有點晚了，但應該還不到打電話至陌生人家裡會失禮的時間。和也心中猶豫的眞正理由，類似忽然恢復理智，不明白自己爲什麼要做這種事。好不容易查出一些眉目，卻萌生退縮的念頭。

和也確實相當在意撿到的記事本。但如果直覺沒錯，吉屋靜子眞的遇上麻煩，接下來又該如何是好？單純出於好奇而採取行動，搞不好會惹禍上身……

和也的手放在話筒上，用力搖搖頭。

到了這個地步，絕不能打退堂鼓。除了和也之外，恐怕沒人在尋找吉屋靜子。若她遭遇不測，短時間內也不會有人知道，未免太可憐。回想起來，如果沒發生火災，根本不會有人發現吉屋靜子不見。和也不禁想像出一個孤零零的女人，過著寂寞生活的畫面。

和也拿起話筒，撥打住在宮前區的吉屋信彥的電話號碼。聽著話筒裡的鈴聲，和也一顆心七上八下。

「喂，敝姓吉屋。」

電話另一頭傳來男人低沉的嗓音。那嗓音頗有磁性，簡直猶如聲優（註），和也有些受到震懾，一時說不出話。但仔細想想，那聲音似乎太年輕，不像是吉屋鏡子的父親。

「喂？」

和也覺得口乾舌燥，嚥下唾沫，開口：「請問是吉屋家嗎？」

「對，沒錯。」

「靜子小姐在嗎？」

對方頓時陷入沉默，和也忍不住看了手中的話筒一眼，重複一遍：

「喂？請問靜子小姐……」

不等和也說完，對方以宏亮而低沉的嗓音反問：

「你找靜子有什麼事嗎？」

從這句話聽來，她很可能就在這裡。她是宮前區吉屋家的一分子。和也握緊話筒，解釋道：「突然叨擾，非常抱歉。是這樣的，我撿到疑似吉屋靜子小姐的記事本……想還給她，才打了這通電話。」

註：即配音員。

對方再度沉默，和也靜靜等著，什麼話也沒說。

「記事本上寫著這支電話號碼？」對方緩緩地問，約莫已起疑心。

「是的，沒錯……」和也心想，這也不算說謊，只是省略一點細節。

「原來如此……」對方沉吟片刻，「謝謝你的熱心，但靜子已不住在這裡，她現下應該住在足立區。」

和也暗忖，他指的是凱撒大樓吧。

「您沒和靜子小姐住在一起？」

「對……」對方原本低沉的嗓音又壓得更低了。

「我叫吉屋信彥，靜子是我的前妻，她目前應當是一個人住。你手上的記事本，上頭沒有足立區那邊的地址嗎？」

3

和也從吉屋信彥的口中問不出更多消息，黯然回到家裡。

隔了一小段時間，和也越想越覺得這件事已走進死胡同。雖然花了半天，順利查出吉屋信彥這號人物，接下來卻遇上瓶頸，難以繼續追查。唯一的辦法，是把記事本的事情一五一十地告訴吉屋信彥，請他聯絡靜子的老家，設法確認靜子的下落……但以現階段來說，總覺得似乎還不必做到這種地步。

（而且……）

這麼做搞不好會弄巧成拙。說得明白一點，吉屋信彥可能是致使前妻失蹤的始作俑者。當然，這樣的懷疑或許是杞人憂天，但畢竟沒辦法排除此一狀況。完全信任吉屋信彥並非明智之舉，這正是最棘手的問題。

反過來說，此時立刻向警方報案，也有些太早。自身的直覺與感受是一回事，有沒有辦法讓別人相信，又是另一回事。

何況，和也在家裡越是冷靜思考，越是對直覺缺乏自信。那藍色記事本確實有些古怪，這一點毋庸置疑。但爲什麼吉屋靜子的住處整理得整整齊齊，連冰箱也清空？將兩者放在天平上衡量，和也忽然覺得整件事情其實沒那麼值得懷疑。倘若吉屋靜子眞的是在違反自由意志的情況下遭人強行帶走，爲什麼對方把她的住處整理得那麼整齊？只要關上門，不管裡頭是什麼狀態，都不用擔心被人發現。就算門內亂成一團，也不會有任何問題。怎麼想都是吉屋靜子自行整理住處比較合理。既然如此，代表她早就知道會離開很長一段時間。姑且不提和也能不能接受這樣的推論，至少警察會考慮到這種狀況吧。否則，懷疑電話答錄機爲什麼沒有開啓，應該就會更積極地偵辦此案。

還是先觀望一陣子好了……

和也決定暫時擱置這件事，並採取目前想到的最佳對策。這個最佳對策，就是聯絡土田，請求「如果吉屋靜子回來了，務必通知我」。

至少等三個月吧。和也看著房間裡的月曆，下了這樣的決定。如果三個月後，靜子還是不知去向，就直接報警處理，並將記事本的事情對警察說明清楚。警方得知一名婦女失蹤這麼長的時間，應該會更重視這個問題。再加上當初電話答錄機的疑點，或許警方會正式展開調查……和也如此盤算著。

接下來的每一天，和也滿心牽掛著這件事。不管是以裝有刷頭的沉重清掃機清潔地板，拿舊報紙擦窗戶，或是拿水管沖洗巨大垃圾桶的時候，他都在思索著……吉屋靜子到底遇上什麼情況？她爲什麼要躲起來？抑或，是誰將她藏起來？也許她惹上某種麻煩。也許她已從這個世上消失。也許她只是基於超乎想像的理由，暫時離開凱撒大樓的住處。明知可能是自己多心，和也仍忍不住一直往壞的方向思考。一個離婚不到一年的三十多歲女性，雖然似乎沒有經濟上的困擾，但生活想必是孤獨而單調的。不管怎麼想，他都不認爲吉屋靜子是欣然中斷這樣的生活。

等待的日子比和也想像中短。就在終於結束鬱悶梅雨季的七月中旬，土田打電話到他打工的清潔公司，告知吉屋靜子回來了。

土田向吉屋靜子提及和也曾到凱撒大樓拜訪她的事情。靜子得知自己不在的時候，有朋友前來，顯得相當驚訝。她立即向土田詢問對方是誰，並再三強調應該不會有人關心或尋找她才對。

於是，土田將和也打工的清潔公司的電話號碼告訴靜子。之後，靜子也打了一通電話到清潔公司。

吉屋靜子的嗓音，比和也想像中高亢許多。和也心裡認定的那個端莊穩重的美女，理當不會發出這樣的聲音。由於這個緣故，剛接到電話的時候，和也非常緊張。但說了幾句話，他逐漸恢復冷靜，不禁感到有些失望。

和也將來龍去脈原原本本地說了出來。和也告訴靜子，他原先就對那記事本頗感興趣，看到報紙上的火災報導，更是大爲吃驚。靜子默默聽完和也的說明，提議見一面，她想順便取回記事本。經過討論，決定由和也前往凱撒大樓。靜子希望越快越好，最後兩人就約在隔天下午碰面。

準備出門的時候，和也感覺胸口有股莫名的悸動，無法保持冷靜。他特地穿上新的襯衫，還檢查好幾次，確認身上沒有汗臭味。

今天似乎不是土田駐守在凱撒大樓的日子。門口大廳一片寧靜，一個人也沒有。垃圾集中場的燒焦痕跡已清理乾淨，藍色塑膠布也拆掉了。

和也按下對講機上的三〇三室按鈕，馬上得到回應。對講機傳出一句「我立刻下去」，聲音跟當初在電話裡聽到的一模一樣。

和也佇立在玻璃自動門外，凝視著大廳內。只見電梯門開啓，有人走出來……一定就是她了吧……

那個女人朝和也走近，一頭長髮在後腦杓編成辮子，垂掛在左肩。她穿著白色棉褲搭配天然色麻編毛衣，腳下踩著一雙茶褐色扣帶的皮質涼鞋。雖然不算高，但身材纖瘦，給人一種嬌柔的印象。

「你是田中先生嗎？」對方的嗓音和對講機裡的聲音一模一樣。「我是吉屋靜子。」

「沒想到你這麼年輕，我有點驚訝……你才二十歲左右吧？」

兩人在凱撒大樓附近的咖啡廳相對而坐，靜子開口道。

「你在電話裡的語氣成熟穩重，我以爲你的年紀更大一些。」

和也不曉得怎麼回答，默默低頭取出記事本，放在桌上。

「這個還給妳。」

「謝謝。」靜子微微點頭致謝，拿起記事本。

「很莫名其妙的記事本，對吧？撿到的時候，是不是嚇一跳？」

和也沒說話，微微一笑。他甚至不知道該露出什麼表情。靜子確實長得很漂亮，但跟想像中頗有差距。該怎麼形容……感覺普通多了。在和也這樣的年輕人眼裡，靜子只是隨處可見的平凡婦女。土田說得沒錯，靜子打扮得體，卻缺乏發自內在的氣質，也沒有美到讓人著迷。

這段期間她到底去了哪裡？記事本是否有什麼深意？先前和也牽腸掛肚的疑問，如今似乎都不再重要。和也頓時驚覺，他一直有著不負責任的想法。一方面爲自身幻想出來的「吉屋靜子」擔憂不已，一方面又暗自期待發現一樁驚天動地的大案子。

「我在一年前離婚。」靜子解釋道。明明和也什麼也沒問，她卻像是在回答和也的問題。或許她只是想說說自己的遭遇。不是爲了回答問題，而是爲了自己。她純粹想要有個說話的對象。

「前夫買了這棟公寓的一戶，當成贍養費。除此之外，他還給我一筆生活費。但我實在不想渾渾噩噩地過日子，於是離開公寓，想試著讓人生從頭來過。」

靜子聳聳肩，手伸向盛裝冰咖啡的杯子，才剛碰到吸管，又縮回去。

「『吉屋』其實是我前夫的姓氏。由於某種緣故，我沿用吉屋這個姓氏……離家期間，我恢復舊姓，改名佐原靜子。我試著在外頭找工作，並租了另一個住處。」

她笑著說，這個嘗試一點也不順利。

「最後我還是回來了。打一開始，我就抱定不順利就回來的主意。正因有這樣的念頭，才沒辦法眞正從頭來過吧。」

「妳知道發生火災嗎？」和也終於找到想問的問題。這可說是最關鍵的疑問。

「不知道。」靜子搖頭，「所以回來後，聽土田提起火災的事，我著實嚇了一跳。原來我一直被當成失蹤人口。」

聽完了靜子的說明，不管是爲什麼屋內會那樣乾淨整齊，或是爲什麼電話答錄機沒開啓，都獲得合理的解釋。既然打算暫時脫離「吉屋靜子」的身分，想必不會開啓電話答錄機。

「我還爲此買了新的記事本。」靜子接著說：「或許你會覺得這是小女孩才會做的事。我將『吉屋靜子』這個名字寫在通訊錄裡，決定等到我能夠以『佐原靜子』的身分獨立生活，再回頭來看自己喜不喜歡『吉屋靜子』這個女人，會不會想把這個女人從通訊錄刪掉。」

畢竟吉屋靜子是佐原靜子唯一的朋友，她笑道。

「改姓佐原的期間，沒交到朋友嗎？」和也問。

「沒有。」靜子淡淡回答：

「我以佐原靜子的身分過日子，根本不到半年。光是要養活自己都很困難，只好回到這裡。原本我下定決心，改姓佐原的期間，不能動用前夫給的生活費，卻發現那樣根本活不下去。」

「那本《COLLECTION》雜誌……」和也又問：「我妹妹說，女生不會把雜誌留在電車的棚架上……妳是眞的忘了帶走嗎？」

靜子搖頭，「不，我是故意不帶走。」

靜子解釋，離婚前《COLLECTION》一直是她十分喜愛的雜誌。吉屋信彥是個年紀輕輕就創業成功的企業家，生活富裕，靜子總會從《COLLECTION》中吸收流行資訊，才上街購物。

「這樣的日子過得太久，下定決心改姓佐原後，明明收入微薄，生活過得相當痛苦，我還是忍不住買了一本《COLLECTION》。坐在電車裡翻著，我突然很討厭自己的行爲。原本我把雜誌塞進包包裡，下車前突然不想再留在身邊，就放在棚架上了。」

把雜誌塞進包包的時候，放在包包內的記事本被夾進雜誌的內頁之間。但靜子完全沒察覺，接著就將雜誌連同記事本一起放上棚架。

釐清原因，整件事情就一點也不奇怪了。和也默默點頭。

「一個人要改頭換面，竟是如此困難。記事本換新很簡單，人要換新可沒那麼容易。」

兩人聊了三十分鐘左右，便起身道別。以後大概再也沒機會見面吧。其實根本沒什麼非見面不可的理由。和也心想，靜子今天特地約我出來見面，多半只是感到寂寞，想找個人聊一聊。

「謝謝你爲我擔心。」

臨別之際，靜子這麼對和也說道。但她的語氣一點都不開心，反倒帶著一絲淒涼。

和也獨自坐在電車上，思考著吉屋靜子的事。

她改用「佐原靜子」這個名字，想試試能不能獨立生活。但她很快就遭遇挫折，而且對於這樣的結果，她似乎並不意外。如果從較刻薄的角度來看，或許她期待著一旦自己失蹤，前夫會爲她擔心。不，搞不好比起嘗試獨立生活，想獲得前夫的關心才是眞正的目的。當她說出「由於某種緣故，我沿用吉屋這個姓氏」這句話，和也聽出些許藕斷絲連的依依不捨。

儘管如此，她還是買了新的藍色記事本，把唯一的朋友「吉屋靜子」寫進通訊錄，想測試自己有沒有辦法喜歡這個女人。唯獨這一瞬間，佐原靜子是眞心想靠自身的力量讓人生從頭來過。至少這一瞬間，她嘗試過全新的人生。

然而，最後她還是回來了。記事本換新很簡單，人要換新可沒有那麼容易。沒辦法重寫，也沒辦法汰舊換新。

那我呢？和也不禁思考起這個問題。我有沒有辦法變成一個全新的人？現在的我，每天藉著打工來逃避現實。始終帶著倦怠感，找不到前進的方向，無法去學校上課，做什麼都提不起勁……

不論是對靜子的行爲嗤之以鼻，或認定她是懦弱的人，都很容易。但和也望著車窗外不斷流逝的繁華街景，發現有一點應該向靜子看齊。

那就是她採取了行動。至少她實際嘗試過。她曾試著遠離現在的生活，過完全不同的人生。即使失敗，總好過什麼也不做。乍看之下，她似乎回到原本的生活，其實她與從前的自己已有些許不同。

我呢？我做不做得到？

明天，我有沒有辦法在御茶水站下車？就算還是無法踏進大學校園，但我有沒有辦法站在月台上，在心中與自己對話？問問自己，這樣下去真的好嗎？是不是應該爲自己找一條新的出路？總好過只是不斷逃避，不敢做出結論。

仔細想想，其實我也算是「失蹤人口」吧……

和也不禁苦笑。逐漸西墜的夏日夕陽，將車廂內染得通紅。和也暗下決心，回家的路上，去文具店買記事本吧。在通訊錄寫下「田中和也」的名字，看看自己能不能喜歡這個人。

唯有一點必須注意，就是絕不能把記事本忘在電車棚架上。想到這裡，和也獨自露出微笑。

八月的雪

1

樓下響起電話鈴聲。

石野充仰躺在床上，雙手交握在腦後，愣愣地看著天花板。身體一動也不動，默默數著電話鈴響的次數。一次、兩次、三次……六次了。媽媽大概出門去了。今天不是到醫院的日子，也沒有什麼集會，應該是去買東西，三十分鐘後就會回來吧。

電話響到第十聲就停了。房間裡一片安靜，只聽得見冷氣的運轉聲。外頭的氣溫恐怕超過三十度，房間裡卻有點寒意。充拉起毛毯，直蓋到下巴。

仰望著天花板，充打了一個呵欠。由於窗簾完全拉上，房間裡有些陰暗。有時母親進來打掃，會勸告「拉上窗簾心情會更灰暗」，半強迫地拉開窗簾。母親離去，充又會立刻拉上。窗戶當然也一樣。即使感覺很悶，想呼吸新鮮空氣，充也會選擇打開通往走廊的房門，而不是打開窗戶。屋外的空氣、風，以及夾雜在風中的各種聲音，在充眼中都毫無價值。

充又打了一個呵欠。明明不覺得看天花板是一件枯燥乏味的事情，不知為何就是會打呵欠……他正感到納悶，樓下又響起電話鈴聲。

眞是煩死了。

充往身旁瞥了一眼，牆上裝有家庭電話組的分機，來電指示燈不停閃爍。分機當然沒壞，只是轉爲靜音。換句話說，充在房間裡就能接電話，根本不必下樓。

然而，充始終躺在床上，連手也沒移動半分。

電話響到第十三聲，樓下傳來匆忙打開大門的動靜，以及在走廊上奔跑的腳步聲。快響到第十六聲的時候，傳來「喂，這是石野家」的應答聲。那是母親的話聲，她似乎氣喘吁吁。

「不好意思，我剛剛出去買東西……」

母親說完，忽然發出驚呼。

「什麼時候的事？」「好，我知道了。」「好，我會馬上趕過去。」

回覆兩、三句後，母親便掛斷電話。通話時間不到兩分鐘。

充轉頭望向房間裡的分機，來電指示燈只短暫熄滅，隨即再度亮起。顯然是母親掛斷電話又立刻拿起話筒。

發生什麼事……？充終於察覺不太對勁，從後腦杓底下抽出雙手，撐著床坐起。

樓下又傳來話聲。母親說得非常急促，語氣中流露出一般焦慮。

「啊，請幫我轉給業務二部的石野，我是他的家人。」

母親打電話到父親上班的公司。充登時醒悟，剛剛那通電話恐怕是醫院打來的。

講完電話，母親走上樓梯，敲敲充的房門。仔細想想，這可能是那場車禍帶來的唯一好處吧。發生車禍前，充好幾次強硬地要求母親務必敲門，幾乎到快吵起來的地步，母親仍置若罔聞。現在的情況，可說是截然不同。母親不僅一定會敲門，而且總是戰戰兢兢，簡直像是新到任的祕書遇上脾氣暴躁的老闆。

「什麼事？」充問道。母親打開門，探進頭。母親的臉色相當難看，充心想自己猜對了。

「剛剛接到消息……」母親劈頭便說：「爺爺過世了。」

充默默看著母親，母親沒再說話。半晌，母親忽然垂下頭，哽咽著說：

「最近我們家眞的是壞事不斷。」

母親拉起圍裙擦拭眼角。或許是過於用力，眼皮有些泛紅。

「你爸爸在開會，沒辦法接電話。我請同事代爲傳達，他開完會應該就會趕到醫院。」

「噢。」

「媽媽聯絡逸子姑姑後，就會去醫院。」母親接著道。

「我知道了。」充隨口回應。

母親沉默片刻，詢問：「你要去嗎？」

「我在家裡就好，這樣子不方便。」

「搭計程車……」
「不要。」
「好吧……」
母親點點頭，彷彿望著一台看不懂刻度的磅秤。
「你一個人看家不要緊嗎？」
「嗯。」
「好，那就麻煩你看家。」
母親剛要關上門，又停下手。充靜靜等著，果然，母親探頭進來說：
「拜託你，今天一定要接電話。爺爺過世的事情，一定會有很多人打來詢問，明白嗎？」
見充沒回答，表情轉為憂鬱，母親便沒再說什麼。

2

充失去了右腳。
每當有人詢問「怎會這樣」，充總是回答「車禍」。今年五月底，一輛四噸的卡車撞上充，導致他的右腳自膝蓋以下受創嚴重，難以復原。大部分的人聽到這裡，便不會再追問下去。

但如果有人繼續問「爲什麼會發生車禍」，充應該會回答「因爲我跑到馬路上」。

「爲什麼要跑到馬路上？」

「因爲當時我在逃跑。」

「爲什麼要逃跑？」

如果有人問到這裡，充應該會聳聳肩膀，回答：「因爲有人要殺我。」

今年春天，充進入住家附近的市立第三中學就讀。第三中學在當地的評價並不差，在校園暴力最盛行的時期，也沒傳出任何震驚社會的暴力事件。

因此只能說充的運氣太差，遇上這種倒楣事。就像一打開門，眼前突然出現虎頭蜂。

第三中學的學生，分別來自四所當地的小學。入學的時候，充被編在一年B班，座號是三號。前面的二號學生，來自另一所小學。兩所小學在該地區內相距最遠，沒有任何交流，當然也沒辦法取得相關資訊。

因此，充並不知道，二號學生遭一股可怕的敵意纏上。那股敵意毫無緣由，而且就像沼澤裡的水蛭一樣糾纏不清，在獵物死亡前絕不輕易放手。

二號學生名叫飯田浩司。體型瘦削、膚色白皙，宛如女孩般可愛。但他鮮少開口，經常曠課。後來充才知道，他會曠課也是無可厚非。

入學後的第一個月，教室裡的座位是按照座號的順序。充就坐在浩司的正後方。每天上課都會看見浩司的後腦杓。但除了傳講義之類必要的情況，浩司從不轉過頭。

浩司和充的左邊，是女生座號二號和三號的同學。這兩個女孩都有著開朗外向的性格，很快就與充聊開。但她們就讀的小學，跟充、浩司都不相同，起初和充一樣，完全不曉得浩司面臨的困境。不過，女孩畢竟消息比較靈通，大約一個月後，她們已打聽到關於這個整天低著頭，幾乎不開口的嬌小男同學的一些傳聞。

「有個跟飯田上同一所小學的同學告訴我，飯田以前很慘。」

充第一次聽到這樣的話，是在某天的放學後。這一天，飯田浩司曠課沒來上學。充輪到打掃教室，懶懶散散掃著地。

「『很慘』是什麼意思？」

「被欺負得很慘。」女同學壓低聲音，「有一群人特別喜歡欺負他。聽說他五年級的時候，還曾因此離家出走。」

聽到這裡，充更是無心打掃。

「這麼嚴重？」

「是啊，飯田的媽媽到學校興師問罪。校方勸飯田的媽媽替他轉學，但他本人不願意，說自己沒做錯事，爲什麼要逃走。而且他認爲就算沒轉學，上中學就會跟那些壞孩子分開。他本來報考私立學校，沒想到落榜了。」

「所以進了這間學校？」

殃。浩司依然只在必要的時候才會回頭，早上從不打招呼，彷彿躲進一個人的世界，想盡辦法保護自己。或許是這個緣故，那群壞學生不會在學校光明正大地找他麻煩，大家也都不知道他的處境那麼糟糕。

五月的連續假期結束，班上第一次換座位，充不再跟浩司坐在一起。沒想到座位分開，充反倒更加注意浩司的一舉一動。

浩司還是一樣經常曠課，總是一副無精打采的模樣，只有被老師點到名才會開口。他沒參加社團活動，每天一放學就逃命般離開校園。根據女同學聽來的消息，他似乎在上口吃矯正課。

充不禁希望浩司的口吃趕快改善，也產生想跟他多說說話的念頭。充在心中盤算著，反正座位分開後，不會一天到晚都在浩司的身邊，偶爾跟他交談，應該不會被認爲和他特別要好，遭那群壞學生盯上。

豈料，充正要付諸行動，飯田浩司卻臥軌自殺了。

浩司的死，在三中引發軒然大波。浩司留下一封很長的遺書，他的雙親打算將這件事公諸於世，提出刑事訴訟來討回公道。雖然校方堅決反對，雙親仍向社會大眾公開浩司的遺書。

如同充的推測，平日欺負浩司的那群壞學生，從不在學校裡下手。小學時，他們在學校

「是啊，當初欺負他的那些人也進來了。」
「這不是最糟糕的情況嗎？」
一心以爲會就讀私立中學，反倒把自己逼上絕路。
「當初欺負他的那些人，在我們班上嗎？」
「不，在別班，但有什麼不同？」
女同學摀著嘴，話聲壓得更低。「聽說他現在還是被欺負得很慘，才會常常請假。」
充想起飯田浩司瘦弱的體格，問道：
「爲什麼他會遭到欺負？」
飯田的成績並不特別優異，爲人也很低調，不是那種會跟隨壞學生集團，受到任意使喚的類型。
女同學露出難以啓齒的表情，解釋道：「飯田很少跟我們說話，或許你沒發現，其實他……」
其實他有輕微的口吃症狀。
「我叔叔小時候也是這樣。」女同學接著說：「他告訴我，有口吃症狀的男孩不少，通常越是個性溫柔的孩子，越容易出現這種症狀。長大以後，症狀就會消失。」
「噢……其實他應該想辦法去讀其他學區的學校。」
當時充只有這種程度的感想。他不打算深入瞭解，畢竟與自己無關，也擔心遭受池魚之裡欺負浩司，鬧大了事情，學到一次教訓。之後，他們只挑上下學的時間和假日，才會找浩司麻煩。此外，浩司去上口吃矯正課的途中，當然也成爲絕佳的下手時機。與其在學校裡明目張膽地欺負浩司，引起教師和周遭同學的注意，不如僅在學校施予無形的壓力，等到了校外再好好玩弄他。對那群壞學生來說，後者自然是比較安全的方式。有新聞媒體曾將他們這種惡劣的手法形容爲「連大人都自嘆弗如」，充忍不住暗自冷笑。這點程度的小聰明，誰都想得到，根本算不上什麼狡猾的詭計。

據說，那群壞學生經常向浩司勒索金錢，浩司如果拒絕，就對他拳打腳踢。浩司的遺書還寫著，那群壞學生曾強迫他去商店裡偷東西，甚至把他帶到車水馬龍的鬧街上，逼他對路過的女性做出猥褻的舉動。遺書裡寫明每個壞學生的姓名，但這個部分沒公布在媒體上。只有學生、老師與平日生活在他們的周遭的人，才知道這些壞學生的長相、聲音及態度。

「我想死，不是因爲被欺負的日子太痛苦。」浩司在遺書裡寫了這麼一段話。「我想死，是因爲我已對這個世界不抱希望。」

事實上，浩司和他的父母多次請求校方出面管束那些壞學生。當然，包含充在內的所有學生，對這些隱情一無所知。然而，校方總是以「發生在校外的行爲難以管束」爲藉口，不肯眞正負起責任。不僅如此，校方還反過來要求浩司的父母，讓浩司轉學。

「爲什麼我要逃走？未免太莫名其妙。」浩司在遺書中如此主張。「如果這世間充滿不公平，活下去有什麼意思？」

最後的這句話，深深撼動充的心——這世間充滿不公平。直到最後，充都沒與浩司建立起友情。兩人的對話可能不超過十句，反倒讓充對浩司有一種虧欠感。

正因如此，充才會忍不住說出那句話。在浩司自殺約三星期後的某天，在放學後的走廊上，當著那些大聲喧嘩的壞學生的面。

實際上，浩司剛死不久，那些壞學生安分了一陣子。畢竟這起自殺案驚動當地警察，包含學校教師在內的相關人士都遭到約談。但風波畢竟有平息的一天，浩司的雙親努力想提出刑事訴訟，終究沒成功。隨著校園逐漸恢復如常，那些壞學生又變得生龍活虎。

那天，他們聚集在走廊上大聲嬉戲，當中混雜幾名女學生。他們逍遙自在的神情，彷彿什麼都沒發生過，彷彿飯田浩司打一開始就不存在於世上。

充似乎是無意識地瞪了他們一眼。其中一名壞學生察覺充的視線。

「看什麼？」那名壞學生吼道。他不僅體格壯碩，而且嗓音又粗又沉。

「沒什麼，我只是來拿書包。」充暗自希望聲音沒顫抖。

「拿了就快滾，別慢吞吞的，廢物。」另一名壞學生罵道。

充依稀記得有個女學生拉了拉他的袖子，對他說「別這樣」。

然而，充還是忍不住回罵一句「你們才是廢物」。

充不記得罵出這句話的口氣，甚至不敢肯定自己真的罵過這句話。

這顯然是一種挑釁的行爲，充心裡也很清楚。不出所料，那些壞學生臉色大變，起身走過來。充嚇得轉身逃走，根本不敢回頭。

不知該說是幸還是不幸，跑下一層樓梯，再穿過一道短廊，就是學校的後門。沿路上，充看見不少面露驚愕之色的同學，卻沒看見一個老師。這正是充奔出校門後，那些壞學生依然大膽追趕的原因——沒有大人看見。

充跑到校門外，在連接大馬路與校園的單線道上全力奔跑。此時，充終於回頭看了一眼。那些壞學生竟已逼近身後，其中一人還從口袋掏出短刀。看見那把短刀的瞬間，充的腦袋一片空白。他們是玩眞的……如果被他們抓住，恐怕會被捅一刀……

「我要殺了你！」一名壞學生大喊。充百分之百肯定，當下聽見了那聲嘶吼。即使衝到大馬路上，猛然發現一輛四噸卡車迎面撞來，那聲嘶吼依然沒從充的腦海消失。卡車司機拚命踩下煞車發出的尖銳聲響，也沒辦法掩蓋貫穿充的腦海的那聲嘶吼。

這世間充滿不公平。

意外事故的後續處理（沒錯，這是一場「意外事故」。上次是自殺，這次是意外事故，都沒辦法歸咎於任何人），跟飯田浩司那件事一樣，充滿不公平與敷衍塞責。

充被緊急抬上救護車，接著是一連串的手術、住院及復健療程。他休學了。但就在他忍受著種種煎熬之際，那些傢伙依然能在走廊上大聲嘻笑。進入暑假後，那些傢伙可以參加社團活動，到海邊玩，過著充實又忙碌的每一天。

根據前來探望的朋友描述，刑警曾詢問當初掏出短刀的學生「爲什麼身上會帶著短刀」，對方的說詞是「自從發生飯田那件事，全校同學都把我們當成壞人，我擔心會被欺負，所以帶一把短刀防身」。

警方居然相信這樣的說詞，充卻爲此失去右腳，只能每天看著天花板發呆。這段期間，充不時想起去世的飯田浩司。想起他纖細的後頸，低頭不語的表情，以及逃命般衝出校門的背影。

既然這世間充滿不公平，我不想再跟任何事物扯上瓜葛。

每個人都勸充趕緊振作起來。打起精神，努力過好自己的日子。但充不明白，爲什麼要努力？究竟爲什麼被害得這麼慘，還得拚命改變自己？

爲什麼那些傢伙反倒過得逍遙自在？爲什麼他們不必受到任何懲罰，每天照樣嬉笑打鬧？爲什麼他們能夠享受校園生活？爲什麼他們還能開開心心地交女朋友？

原來這個世界就是如此。滿不在乎地傷害他人，反而能夠昂首闊步地走在大街上。別人受到多少傷害，與我無關……只要我過得好就行了，別人的死活不關我的事……不管別人的下場多慘，都不是我的錯……越是抱著這種心態的人，越能夠占盡便宜，活得輕鬆自在。

受到傷害的一方，不管怎麼哭鬧都無濟於事。有什麼辦法能夠討回公道？毫無辦法。受害者只能咬著牙，努力活下去。不管蒙受多大的損失或傷害，也不會有人做出任何賠償。

因此，充下了一個決定。

既然沒辦法活在公平的世界裡，不如看著天花板結束一生。即使不見任何人，不與任何人說話，也不會感到寂寞。唯一的煩惱，只有電話鈴聲太吵而已。

面對母親強烈的要求，充還是不打算接電話。反正即使不接電話，也不會有人生氣。爺爺的喪禮什麼的，隨便你們去辦吧，跟我無關。

母親口中所說的「爺爺」，其實是她的公公，也就是充的祖父。爺爺今年八十二歲，自從去年春天罹患出血性腦中風，就一直住在醫院裡。不僅全身癱瘓，意識也不太清楚，整天躺在病床上不能動。由於爺爺的心臟還算強韌，勉強維持著生命，但過完年，主治醫師便警告家人，爺爺恐怕撐不了太久。事實上，爺爺能夠活到這個盛夏時節，幾乎已是奇蹟。

抱持這樣的想法，並不是充冷血無情。事實上，自從過完年，父母經常將類似的話掛在嘴邊。大家都早有心理準備。何況，看見爺爺躺在病床上，全身插滿管線，變得又乾又癟的模樣，任誰都會於心不忍。

充的父親是長男，上頭只有一個姊姊。婚後，父親便回到老家，與雙親同住。因此，充一生下來，就過著有爺爺和奶奶陪伴在身邊的日子。

六年前，充剛上小學的時候，父母對老家進行改建。還沒慶祝房子竣工，奶奶就突然心臟病發作過世。從那天以後，一直到中風住院爲止，爺爺都獨自住在家裡一樓的朝南房間。每天幾乎只有在飯桌上，充和父母才會見到爺爺。爺爺幾乎是一個人生活，倒也不寂寞。他每天對著電視，度過悠閒平淡的餘生。

爺爺生前所住的醫院，設有專門照顧老人的病房，看護制度相當完善，照理來說，母親照顧爺爺不至於太勞累。但畢竟住院的日子一拉長，母親精神上還是吃不消。這段日子裡，母親有時會打電話回娘家發牢騷，有時會突然購買昂貴的東西，有時會跟父親發生口角爭執。如今爺爺終於過世，或許母親會感到鬆了口氣。因此，剛剛母親語帶哽咽，充不禁有些意外。

其實，我也不是完全不難過。充暗暗想著。但在充的眼中，爺爺畢竟是個難以捉摸的人。就算是爺爺沒臥病在床的日子，充也不記得爺爺帶他去過哪裡。而且，充聽母親抱怨過，考量到家裡有老人，想全家一起出門旅行都十分困難。實際上，父母也曾在準備飯菜後，帶著充出門，把爺爺一個人留在家裡。

爺爺從來不為這種事情生氣。甚至可說，充不曾看過爺爺生氣的表情。可惜，爺爺和充的年紀相差太大，他眞的不曉得該如何抱持平常心與爺爺往來。

好希望丟下爺爺，一家三人快樂地出門旅行。然而，眞的付諸實行，卻又牽掛起獨自留在家裡的爺爺。這樣矛盾的心情，總讓充煩躁不已。這就是充對爺爺唯一的印象。

不過，充依稀記得，很小的時候，爺爺曾給他零用錢，也帶他去過公園。但記憶中，爺爺的舉動總會招來母親的叨念。「爸爸，別寵壞孩子」……這幾乎成為母親的口頭禪。每當母親這麼說，爺爺就會默默露出滿是皺紋的笑容。

我不是不難過，只是沒心情管那些事。生活周遭的一切，對我來說都不重要了。充如此告訴自己。

樓下又響起電話鈴聲。吵死了。充拉起毛毯蓋住頭，心裡有股衝動，想跳下床，抓著扶手下樓，關掉電話的鈴聲。就算做這種事，父母也不會生氣。他們知道我的狀況，絕不會生氣。何況，爺爺本來就沒多少日子好活了，大家都心知肚明。

然而，這件事做起來一點也不輕鬆。要是沒保持平衡，從樓梯摔下去就糟了……

（就算摔下樓，也沒什麼大不了。）

充的腦中冒出自暴自棄的念頭。就算摔死，也沒什麼大不了。我沒這麼做，只是因爲懶得下床。

充摀住耳朵，不去聽刺耳的電話鈴聲，在毛毯裡蜷起身體。驀然間，他毫無理由地想起住院時，父親說過的一句話。

「我原本很希望爺爺能夠早日康復。即使沒辦法下床，至少恢復意識。如今你變成這個樣子，我反倒慶幸爺爺一直沒醒來。要是他看見你這副模樣，不曉得會多難過。他完全不知道這件事，算是不幸中的大幸。」

當然，對現在的充來說，這一點也不重要。爺爺難過又怎樣？不難過又怎樣？失去一條腿的是我，不是爺爺，也不是父親。就算說得再多，到頭來還是沒人能夠理解我內心的悲傷。

3

喪禮順利地結束。實際上，充既沒參加守靈，也沒參加告別式，對喪禮的詳情一無所知。充會認爲喪禮順利結束，純粹是父母沒再提到任何關於喪禮的事的緣故。畢竟參加爺爺喪禮的大部分是親戚，幾乎沒有外人前來弔唁，而且爺爺也沒什麼遺產，親戚之間不可能爲遺產發生爭執。

充不想在喪禮上露面，父母也沒強迫他出席。一旦出現在喪禮上，他想必會成爲眾人的焦點。不管是親戚、朋友或街坊鄰居，全都會把爺爺的事擺在一邊，跑來問東問西吧。充不想聽那些人說三道四，舉辦喪事的那幾天，一直躲在房間裡，把毛毯蓋在頭上，忍受隱約傳來的交談聲。

整整半個月，父母忙著處理爺爺的後事及聯絡相關人士，經常不在家裡，充有很多獨處的時間。

諷刺的是，正因獨自思考的時間變多，沒去見爺爺最後一面的事，逐漸形成一股愧疚感。就像是透進窗戶縫隙的寒風，總是突如其來地鑽入充的胸口。不知道該關上哪一扇窗、封閉哪一扇門，才能避免寒風入侵。每當寒風驟起，充便備受煎熬。

就在這段期間，母親在整理爺爺的遺物時，發現一封奇怪的信。

「這是什麼？」

充躺在床上，隨意翻看著從書架取下的文庫本（註），母親突然走進來。

「妳是指什麼？」

母親遞來一張泛黃的紙，看起來像是粗草紙，上頭有一些手寫文字。折痕明顯，對折處幾乎快磨斷。

「爺爺的房間壁櫥裡，有一個老舊的信箋盒……」

「信箋盒？」

「放書信的小盒子。這張紙就是在盒裡找到的。」

「不就是信嗎？既然是放書信的盒子，應該有很多類似的紙吧？」充說道。

「跟一般的信不太一樣，看起來非常舊。何況，我們跟爺爺一起生活那麼久，從沒看他寫過信。他連寫賀年卡都嫌麻煩。」

「可能是他從前寫的信吧。」

「不過，這內容……有點像是遺書。」

充一聽，不由得轉向母親，問道：「遺書？」

註：日本常見的小型圖書出版形式，尺寸大多為A6，也就是台灣常用的菊32開。

「是啊，你要看嗎？」

母親將那張紙拿到充的面前，充伸手接過。紙張不僅磨損嚴重，還帶著些許霉味。攤開一看，確實是一張信紙，印有縱向的格線。紙張似乎原本就不是純白，加上年代久遠，顯得更黃了。

充無法判斷那是不是爺爺的筆跡。他忽然想到，明明跟爺爺住在同一個屋簷下那麼多年，卻沒看過爺爺寫的字。

內容是以極細的筆寫成，雖然稱不上工整漂亮，但每個字都寫得又大又清楚，絲毫不潦草，相當容易閱讀。

「此為最後一封信。我已有慷慨赴義的覺悟。請代我向兄長致意。後事勞你費心。勝一郎」

信的內容很短，充反覆讀了兩遍。「勝一郎」確實是爺爺的名字。如同母親說的，這封信像是遺書。但除此之外，充也看不出個所以然。

「這是什麼？」

「媽媽也不知道。」母親露出苦笑。「應該是爺爺年輕的時候寫的信吧……但怎會寫什麼慷慨赴義……」

母親從充的手中取回信，歪著頭說：「會不會是在戰爭期間寫的？打仗的時候，極有可能寫出這樣的內容。」

「爺爺上過戰場？」

「當然。」母親給了個肯定的答案，語氣卻不是很有把握。「媽媽沒詳細問過，爺爺也不太愛說。畢竟那不是快樂的回憶。」

充將話題拉回那封神祕的信上，「沒有信封嗎？」

「信箋盒裡沒看到。算了，沒關係。今天晚上再問問你爸爸好了，或許他知道些什麼。」母親從充的手中取回信，笑道：「爺爺年輕的時候，想必經歷過一番風雨吧。」

問問你爸爸……當孩子還小，這句話可說是母親手中最後的王牌。有時母親是眞的不知道，有時則帶有恫嚇的意味。不管是哪一種，都效果十足。然而，到了充這個年紀，這句話的效果已大打折扣。晚餐時間，母親果然向父親提起那封信。但看父親的反應，充便知道只是白費力氣。跟充和母親一樣，父親什麼也不知道。

「我只曉得戰爭期間，老爸曾被派往南洋……」父親帶著疲憊的表情，以筷子夾菜。「仔細想想，老爸從來不提戰爭的事。長輩不是都很愛聊往事，一說就停不下來嗎？」

確實如此。母親那一邊，有些親戚總是喜歡絮絮叨叨地大談昔日事蹟。

可是，爺爺從來不談這些。充以爲是爺爺年紀太大，把年輕歲月都忘光了，不然就是懶得提。但爺爺六、七十歲的時候，明明身體還硬朗，卻絕口不提。

「戰爭剛結束的那段時期每天餓肚子，以及辛苦奮鬥才蓋起這個家之類的，他不知道說過多少次，我都背起來了，但關於戰爭的事，他什麼也沒提過。」

父親向母親要了杯茶，翻開報紙。於是，充離開餐桌。一家三口雖然每天都會一起吃晚餐，但從充斷腿前就很少在飯後聊天，如今更不會出現這樣的情況。不管是父母還是充，都有些畏縮，深怕說錯一句話，又會觸動傷口。那種感覺有點像是走在結成薄冰的水面，每踏出一步都戰戰兢兢，一聽到冰層的碎裂聲就趕緊縮腳。

充挾著拐杖，在走廊上緩緩前進。上樓梯不需要拐杖，此時拐杖反倒成為累贅，只好扛在肩上。直到半個月前，充上下樓梯都還要母親在旁邊幫忙拿拐杖。後來醫生建議充自己拿拐杖當成復健，最近這一陣子，他才試著獨力上下樓。

「總有一天，你還是得靠自己才行。」醫生這麼勸告。

拐杖十分沉重，光是要扛著上下樓，就是一件苦差事。但對充來說，這並不是什麼痛苦的事情。習慣後根本沒什麼大不了，而且充比任何人都清楚，總有一天得靠自己的道理。

最讓充感到痛苦和憤怒的，其實是遭到強迫，及努力被視爲理所當然。

要說是理所當然，倒也沒錯。畢竟充做的這些努力，都是爲了自己。一輩子哭哭啼啼，失去的腳仍無法恢復原狀。

然而，像這樣鞭策自己前進有多艱難，根本沒人能夠眞正理解。每個人都異口同聲地鼓勵充，要他多加油、別氣餒、重新振作起來，一旦他鬧起脾氣，大家又會手忙腳亂，像安撫嬰兒般安慰他。這正是充最厭惡、最無法忍受的狀況。充在心中吶喊著：我想要的根本不是這些！

不管是放縱也好，激勵也罷，在聽到那些話之前，充更希望有人能夠告訴自己……努力振作的意義是什麼？努力振作的價值在哪裡？如此不講道理的人生，如此輕易就會遭到擊潰的人生，就算重新振作起來，又有什麼意義？

只要能夠獲得這個問題的答案，在這一點上重拾自信，不管要充再怎麼努力，他都會咬牙苦撐下去。

充會如此在意爺爺留下的信，也是出於這樣的心情。

那確實是遺書，絕不會錯。雖然不知道是發生在人生的哪一階段，但可以肯定爺爺一度有過拋棄生命的覺悟，甚至爲此寫下了遺書。

既然有這麼堅定的決心，爺爺如何扭轉念頭，改變心意？那就像在斷崖上突然停下腳步，爺爺要如何度過剩下的人生？那封信看起來相當老舊，表示爺爺活過的歲月，比寫那封信時的年紀漫長數倍。爺爺是怎麼做到的？

爺爺究竟如何找到活下去的意義？

4

接下來的幾天，充聽著窗外刺耳的蟬鳴，一邊思考這個問題。怎麼做到的？爺爺是怎麼做到的？

爲了找出答案，充起身下床。事實上，很長一段時間，充只會在吃飯、洗澡和上廁所時下床。上次出於其他理由下床，是多久以前的事？

首先，充想看看當初母親發現遺書的那個信箋盒，或許能從中找到一些線索。

看見充下樓，母親十分驚訝。她戴著眼鏡，坐在餐桌邊翻閱一個檔案夾裡的資料。

「怎麼了？肚子餓了嗎？」母親問道。

充搖搖頭，表示想看上次母親提到的那個信箋盒。

「好，既然你想看，我去拿來。」

「媽媽沒清掉盒裡的東西嗎？」

「盒裡沒什麼重要的東西，所以沒費心整理……你爲什麼會想看？」

「沒什麼……」充吞吞吐吐地說：「只是有點好奇。」

母親旋即起身，走進爺爺的房間。充靠近餐桌，瞄了那檔案夾一眼。

果然，檔案夾裡母親蒐集的訪談紀錄。跟上一次看到的時候相比，資料似乎沒增加，或許母親的調查行動遇上瓶頸。

飯田浩司自殺後，他的雙親起初打算提出刑事訴訟。後來發現這條路行不通，但他們並未放棄爲孩子討回公道。於是，他們到處拜訪浩司的同班同學，以及學校的畢業生、教師等相關人士，不斷蒐集訪談紀錄，想證實第三中學發生過霸凌行爲，而且校方長期不負責任地縱容與漠視。充遇上車禍後，他們也找上充的父母。

由於心頭的怒火無處宣洩，充的父母（尤其是母親）一頭栽進這場抗爭活動。在某些意義上，他們對這件事關心的程度，甚至遠遠超越充本人。以往母親每天只是做家事和照顧家人，充不曾見她如此投入一件事。

做那種事也沒用，毫無意義。充不只一次說出類似的話，惹得母親落淚。但充並非刻意讓母親難過，而是打心底這麼認爲。他只是說出自己的想法。

即使是此刻，充的想法也沒改變。

「來，拿去吧。」

接過母親遞來的信箋盒，充想轉身走回自己的房間，卻發現沒辦法帶著信箋盒上樓。一手扛著拐杖，一手拿著信箋盒，就無法抓住扶手。

於是，母親拿起信箋盒，默默跟著充上二樓。

可惜，充在信箋盒裡沒找到任何線索。

爺爺生前似乎經常使用這個信箋盒，裡頭有拋棄式打火機、印著「並木咖啡廳」的全新火柴盒、一支老舊的Montblanc牌鋼筆、兩支印著小酒館名稱的原子筆，以及像是銀行贈品、邊緣泛黃的記事本。其餘只有一些堆積在角落的菸灰。彷彿爺爺的生活中，除了菸之外什麼也沒有。

充仔細回想，卻沒印象爺爺抽什麼牌的香菸，這一點讓他著實有些震驚。這個信箋盒似乎不是專門用來收藏重要的信件。但那封信實在不適合隨時放在身邊，畢竟是遺書。

或許爺爺原本小心保管在另一個地方，卻在某一天移到這個信箋盒。

（爲何爺爺要這麼做？）

爲了讓我們發現這封信？

那麼，應該是在臥病不起的不久前吧。爺爺可能隱隱察覺身體不太對勁。充想到這裡，後頸忽然竄起一股涼意。

這封信到底有什麼來歷，充更加好奇了。那就像是一股使命感，他認爲一定要查個水落石出才行。

問題是，要怎麼查？充絞盡腦汁。上次認眞尋求解答，不曉得是多久以前的事。這陣子心靈一直處於空轉的狀態，腦袋也跟著放空。

有一個辦法，就是從朋友下手。

充會想到這個辦法，是因爲當晚飯田浩司的母親來電，充的母親結束通話，來到他的房間，說明剛剛談話的內容。根據母親的描述，飯田家打算向地區的教育委員會提出訴願，請求委員會正式調查三中的霸凌問題。

充恍然大悟，母親他們那麼認眞地到處蒐集證詞，是爲了釐清飯田浩司、壞學生集團及充置身環境的實際狀況。要清楚瞭解一個人，最好的辦法就是去問他的朋友。

「媽媽……」

不等母親說完，充喚了一聲。母親吞下原本要說的話，應道：「什麼事？」

「爺爺有朋友嗎？」

「媽媽也不清楚……」

「爺爺有沒有留下記事本？啊，賀年卡也行。每年都有寄給爺爺的賀年卡吧？」

於是，母親找出這些年來寄給爺爺的信件和賀年卡，一口氣交給充。父親一臉錯愕，不明白母親怎會在這麼晚的時間找出這些東西。寄給爺爺的信件和賀年卡非常少，彷彿象徵著爺爺已不存在於這個世上。包含幾張廣告信在內，總共只有二十封左右。

「你想做什麼？」母親問道。

充並未回答。他總覺得一旦回答後，此刻的心情會消失無蹤。

5

那疊賀年卡和信件，不是每一封都有留下電話號碼。沒留下電話號碼的信件，只能根據上頭所寫的地址，打電話向一〇四查號台詢問。查出所有電話號碼後，充製成一覽表，逐一打去詢問。為了做這件事，充特地下床，坐在書桌前的椅子上。學校的課表還擺在桌上，但早已蒙上一層灰。

起初，充連打電話也非常生疏，簡直像是把打電話的方法忘得一乾二淨。聽著話筒裡的呼叫鈴聲，一顆心不由得撲通亂跳。

撥打電話前，充先想好開場白，以及如何切入正題。然而，實際通話時，充還是說得顛三倒四，花了很多時間才解釋清楚。首先報上爺爺的名字，接著報上自己的名字，說明是根據留在賀年卡上的電話號碼撥打，最後告知正在尋找熟悉爺爺的朋友……明明不困難，執行起來卻頗耗精力。

母親找到的賀年卡，有些是去年寄來的，有些是前年寄來的，全部混在一起。因此，撥打電話後，充發現不少寄件人已早爺爺一步過世。對方的家人，大多很納悶充爲什麼要打這通電話。

「是不是寫有關爺爺的作文？」甚至有人這麼問。

有時接電話的雖然是本人，但對方只是曾與爺爺在工作上有所接觸，可能不算非常老，只跟充的父親差不多歲數。「我和石野先生超過十年沒見了。咦，他過世了？除了寄賀年卡之外，我們平常完全沒聯絡，所以我不知道這件事，眞是失禮了……」好幾個人說出類似的話。

充撥打數通電話，卻一無所獲。畢竟爺爺年事已高，跟他年紀相仿的朋友往往都去世了。

約莫打到第十二通電話，充漸漸覺得這實在不是好主意。

第十二通電話，是打給「柴田源次」。電話響到第五次，對方突然接起，之後卻是一陣沉默。

「喂……」

對方終於開口，聲音既模糊又微弱，充不禁心生期待。聽起來，對方的年紀應該跟爺爺差不多。

「請問是柴田先生的府上嗎？」

「是啊……」

對方說話非常緩慢，嗓音沙啞虛弱。

「我叫石野充，是石野勝一郎的孫子。」

對方沉默不語，話筒隱隱傳來呼吸聲。

「我爺爺前陣子過世了。」

半晌，對方問：

「石野過世了？」

原來這個人也不知道。

「對，他住院很久了。」

「我居然……」對方連咳數聲，「完全不知道。」

「柴田先生，您跟我爺爺是朋友嗎？」

聽到如此開門見山的問題，對方哈哈大笑。

「算是熟人吧。」

「那麼，您知道我爺爺年輕的時候發生過什麼事嗎？」

充有如連珠砲般，說出從信箋盒裡找到那封信的事。

「那似乎是一封遺書……」充最後說道。

對方再度沉默，充不禁感到疑惑。

「喂？」

驀地，對方掛斷電話。

充握著話筒，忍不住眨了眨眼。通話眞的斷了，不是錯覺。

（嘖，這個笨老頭，八成是不小心掛斷。）

充暗暗抱怨老人眞難搞，一邊重新撥打。鈴聲響起，對方接起電話。

「喂，我是石野……」

對方又掛斷了，充不禁啞口無言。直到第三次重撥，充才明白對方不是不小心，而是故意掛斷。

「吵死了。」

第四次撥打，對方劈頭就是這句話。

「爲什麼要掛斷呢？」

充心想，這個人肯定知道一些隱情，絕不能輕易放過。

「柴田先生，關於我爺爺的遺書，您是不是知道什麼？」

對方再度沉默，話筒只傳來窸窸窣窣的細碎聲響。

「柴田先生？」

「助聽器有一點怪怪的。」對方解釋：「沒辦法好好掛在耳朵上。」

對方似乎是被助聽器搞得心浮氣躁，才忍不住掛斷電話。

「可以請醫生幫忙調整，我爺爺也是這樣。」充提出建議。

「噢，好。」

柴田老人漫不經心地應一聲，又沉默半晌後，才突然說：「那種東西，我以爲他早就丟掉了。」

充握緊話筒，問道：「您指的是遺書嗎？」

「嗯。」

「爺爺很小心地保存著。」

「確實像是勝一的作風。」

爺爺的朋友原來叫他「勝一」，充覺得既尷尬又有趣。

「你叫『充』嗎？」

「是啊。」

「你是勝一的孫子?」

「是啊。」

「第幾個孫子?」

「只有我一個。」

「噢,是嗎?我記得勝一只有一個兒子……阿充沒有兄弟姊妹?」

或許是裝了假牙,柴田老人的聲音非常模糊,很難聽清楚。再加上語尾的發音會連在一起,明明不是什麼艱深的句子,卻要花一點時間才能明白。

「我沒有兄弟姊妹。」

「會不會寂寞?」

「倒也不會。」

話題越扯越遠了。畢竟交談的對象是老人,一旦離題就很難拉回來。柴田老人絮絮叨叨地說著關於他的孩子、孫子和親戚的事,有時會冒出一些不認識的人名。充只能默默聽著,不時回應「是、是」。從老人的話聽來,那些人都沒跟他住在一起。

「抱歉,柴田先生,關於我爺爺的事……」

「勝一?」

「對,我們發現一封像遺書的信。」

柴田老人又沉默了一會。或許是剛剛說得太起勁，他的呼吸變得有些粗重。

「那是很久以前的事了。」

「您知道這封遺書是怎麼來的嗎？」

「我也寫了一封。」

充瞪大眼睛問：「是打仗期間寫的嗎？」

老人沉吟片刻，回答：「不是，那是二二六事件的時候寫的。」

「二二六事件？」

或許是充反問的聲音實在逗趣，柴田老人哈哈大笑。至少在充聽來，那是笑聲沒錯。

「學校沒教嗎？」

「應該是還沒學到吧……」

充不好意思說發生車禍後就沒去上學。

「這是學校會教的事情？」

「社會課應該會教吧？」

「請等一下，我去看看課本。」充說完這句話，又急忙補充道：「柴田先生，我可能會花一些時間，因爲我行動不便，眞是不好意思。」

「行動不便？」

「我的腳受傷，所以一直沒去學校。」

老人似乎想了一下，沉默片刻後回答：「沒關係，反正我很閒。」

充按了電話上的保留鍵，以最快的速度從椅子上站起。雖然動作要快，還是得小心，如果太焦急可能會摔倒。書桌在床的旁邊，他先移動到床緣坐下，接著移動臀部，朝著書桌靠近。

學校的課本就放在書桌上的書擋之間。充抽出日本史的課本。

「久等了。」

充以同樣的方式回到電話前，拿起話筒說：

「請問這個事件發生在什麼時候？」

「昭和十一年（一九三六）二月二十六日。」

發生在二月二十六日，所以稱爲「二二六事件」？

充先翻開年表，想想不對，或許從書末索引著手比較妥當。果然，索引頁有「二二六事件」這個詞。接著，他依照上頭指示的頁碼翻閱，二二六事件就記載在〈通往太平洋戰爭之路〉一章中的開頭。首先映入眼簾的，是「政變」這個字眼，緊接著是「年輕軍官」、「戒嚴令」、「重臣遭襲擊、暗殺」、「占據陸軍省和警視廳」等關鍵字句。

雖然看得一頭霧水，但似乎是相當不得了的事件。所謂的「重臣」，指的應該是重要的政府官員吧。年輕軍官攻擊並殺害政府官員，還占據警視廳？那個指揮全東京警察的機關？

爺爺曾參與這麼可怕的事件？

充腦袋亂成一團，不曉得該說什麼才好。此時，柴田老人沙啞的話聲傳來：

「當時，我和勝一都在步兵第三連隊。」

老人試著解釋清楚，充仍聽得似懂非懂。

「什麼是步兵？」

「就是軍隊，陸軍的軍隊。連隊（註一）也不知道是什麼意思嗎？有沒有看過漫畫《野狗小黑》（註二）？裡頭不是有個鬥牛犬連隊長？」

充不敢說全部聽不懂，只好沉默不語。

「好吧，算了。」柴田老人似乎有些不耐煩，「總之，我們跟著中隊長一起襲擊鈴木侍從長（註三）的官邸。但我和勝一沒進入官邸，而且從頭到尾都不知道那場行動的目的。當時在我們眼中，中隊長就像神一樣，我們一心只想著中隊長的命令絕不會錯。」

老人發出卡了痰的咳嗽聲，一邊輕笑。

「我只記得那天下著雪，天寒地凍。對了，從二十八日晚上以後，我們就沒飯可吃，差點餓死。那眞是痛苦的回憶。不過，我們都認爲中隊長馬上會弄到糧食。」

註一：日本的軍隊編制單位，或稱聯隊。一個連隊的兵力約在數百至數千人不等。

註二：原文「のらくろ」，田河水泡的漫畫作品，第一話於一九三一年開始連載。

註三：鈴木貫太郎（一八六八—一九四八），曾任天皇侍從長，在二二六事件中重傷。

充刻意放慢速度問：「那個時候柴田先生和我爺爺是幾歲？」

「二十歲，實在年輕。」柴田老人不假思索地回答。

「這麼年輕就寫下遺書？」

「因爲我們被包圍了。包圍，被圍起來的意思，聽得懂嗎？」

「被誰圍起來？警察嗎？」

充心想，既然殺了政府官員，當然會被警察追捕。柴田老人笑道：

「不是、不是，包圍我們的也是陸軍，這叫『皇軍相擊』，在當時是不得了的大事。」

「意思是，跟自己人打仗？」

「可以這麼說吧。當時，我們被視爲叛軍。」

「叛軍……」

爺爺是叛軍？那個整天對著電視發呆，喜歡吃甜食的爺爺是叛軍？那個經常把廁所弄得髒兮兮，吃完飯就打瞌睡的爺爺……

是叛軍？發動過政變？

「我們的部隊最晚投降，遺書的數量應該最多吧。」

柴田老人簡直像在自言自語，完全把充拋到一邊。

「勝一和我都不曉得自己在做什麼，卻相信我們是正義的一方，所以一點也不怕死。說得更明白一點，我們已有覺悟要壯烈犧牲。歸隊的時候我沒帶走遺書，勝一倒是一直帶在身邊。」

「柴田先生……」

「嗯？」

「您和我爺爺做的事情，眞的屬於正義的一方嗎？」

話筒中隱隱傳來笑聲。柴田老人約莫在笑吧。

「課本上應該說不是……對吧？」

「……………」

「中隊長判處死刑，我和勝一被憲兵抓去審問。我擔心會遭強迫退役，害怕得不得了。除了當軍人之外，我根本不知道還能做什麼工作。」

「……您很害怕？」

「嗯，」柴田老人回答：「很害怕。而且事情過後，越想越害怕。勝一倒是不太一樣，他不斷自怨自艾，說什麼自己的腦筋太差，搞不清哪一邊才是對的。阿充，你爺爺向來耿直，他一直在煩惱這種事情。」

柴田老人的口氣，有點像在跟幼童說話。雖然溫柔，卻非常堅定。

「我爺爺很煩惱，是因爲明明下定決心，甚至寫下遺書，事情卻沒成功？」

「豈止沒成功，還被別人指責做錯事。」柴田老人笑道：「第二次世界大戰後，大家甚至說日本會發動戰爭，是受到二二六事件的影響。」

明明是一件令人遺憾的事情，柴田老人卻邊說邊笑。

「勝一大概是把那封遺書留下來，當成紀念了吧。」柴田老人接著說：「我猜他並不打算讓你們找到那封遺書。他在墳墓裡要是得知你們看過內容，搞不好會嚇一大跳。」

他忽然咕噥一句「唉，原來勝一死了」。

「所以，那雖然是一封遺書，但你們不必大驚小怪。」

「我還是不太懂。」

「多讀書，以後你就會懂。」柴田老人的口氣比原先開朗許多。

「謝謝你讓我想起這些往事，真懷念那段時光。」

掛斷電話前，柴田老人這麼說道。

我還是不明白。

充暗暗思索著。為什麼柴田先生回憶著往事，口氣會越來越開朗？那老人的聲音，不斷在他的耳畔迴盪著。

為什麼爺爺沒告訴我們這些事情？因為這些都是痛苦的回憶嗎？

二十歲的爺爺，就經歷如此痛苦、如此可怕，而且不知道應該相信誰的日子。當時，他還沒遇上奶奶，爸爸也還沒出生。戰爭不僅尚未結束，甚至尚未開始。

當時爺爺才二十歲。

接下來的六十多年，爺爺是怎麼熬過來的？如果我向他詢問，他是否會像柴田先生一樣告訴我？他是否會像柴田先生一樣，說出「眞懷念」之類的話？

我還來不及詢問，還來不及知道答案，就與爺爺分開了。

接下來的每一天，充不斷回想著。盡可能回想爺爺做過的每一件事情，說過的每一句話，生活中的每一個細節。

不管是哪一段回憶中的爺爺，都不像是當年那個抱持必死的覺悟，跟隨中隊長一起行動的二十歲年輕人。充認識的爺爺，只是一個平凡又沒用的老人。

然而，這麼一個沒用的老人，卻成功活過八十多個年頭。

由於整天沉浸在回憶中，充益發沉默寡言。母親或許是放心不下，經常刻意向他搭話，他卻總是心不在焉，敷衍了事。某天晚上，母親再也受不了，大聲斥罵。

母親的怒火來得太突然，充彷彿從睡夢中驚醒，一時搞不清發生什麼事。看見母親居然眼眶含淚，他嚇一大跳。

「你以爲我做這些事情是爲了誰？」母親哽咽著罵道。客廳的桌子上，凌亂擺放著檔案夾和好幾張資料。

「你要任性到什麼時候？爲了讓你好過一點，我做了那麼多事，爲什麼你還要跟我鬧脾氣？」

父親還沒回家。剛發生車禍的那段時期，父親總是盡量提早回家，陪伴在充的身邊。最近父親恢復從前的作息，晚上和假日經常加班。充一直沒發現，這時才察覺父親不在。

空蕩蕩的客廳裡，只有充與母親兩人。母親不停啜泣著。

「對不起……」

道歉的同時，充想起不曉得多久沒說過這句話。

「我在想事情，沒仔細聽媽媽在說什麼。」

這樣的狀況持續了好一陣子，並非只有今晚。充陷入自己的思緒中。

「你在想什麼？」母親拭去眼淚。

「嗯。」

「我在想爺爺的事。」

「爺爺？我們家的爺爺？」

「嗯。」

充把事情的原委一五一十地告訴母親。母親詫異地瞪大眼，半晌後問：「你打了電話？」

「嗯。」

「你自己打的？」

「是啊。」

「你一直在思考這件事？」

「嗯。」

我一直在思考著，爺爺從二十歲到現在，過著怎樣的日子，懷抱怎樣的心情。

充想這麼告訴母親，卻不好意思說出口。

「媽媽……」

「嗯？」

「我想去圖書館，明天妳能帶我去嗎？」

母親哭得紅腫的雙眼凝視著充。

「你想出門？」

「嗯。」

「你有辦法出門嗎？」

「不試試怎麼知道？」

母親愣了一會，終於露出微笑。「也對。」

充對母親一笑，心裡想著明天的天空不曉得會是什麼顏色。

昭和十一年二月二十六日，據說那天下著雪。當年下著雪的天空，跟明天他即將抬頭仰望的天空，是同一片天空。

這世上有太多我不知道的事情。太多我應該要知道的事情。有些可能很瑣碎，有些可能很重要。

關於二二六事件，得好好查清楚才行。對於這個事件，我的瞭解實在太少。還有，後來發生的戰爭，以及後來日本人過的生活，都要仔細研究。好想知道這一切。如果能夠知道，或許就能彌補當初沒向爺爺認眞詢問的遺憾。

如此一來，或許在未來的某一天，我會理解爺爺是如何度過漫長的人生，以及柴田先生爲什麼能夠說「好懷念」那些往事。

或許有一天，我也能夠看見爺爺寫下遺書的那天下的雪，從青空緩緩飄落。那就像是一種明確的證據。證明即使經歷最悲慘的遭遇，即使不知道能夠相信誰，即使一度陷入必須寫下遺書的困境，但只要不認輸，必定能夠捲土重來，在人生中的某個角落找到活著的意義與價值。

要放棄人生還太早。

電話響起，充剛好坐在旁邊。約莫是父親打來告知現在正要回家，也可能是飯田浩司的父母打來討論事情。

「我來接吧。」

充抓著椅子的扶手，慢慢站了起來。

往事

1

據說大都市裡棲息著不少鬼魂。這些雖然死了卻依然深愛著都會叢林的鬼魂，即使生前必須忍受高昂的物價、擁擠的電車，以及娛樂附帶的喧囂與嘈雜，他們仍爲那些美好的歲月魂牽夢縈，只能茫然飄盪在大樓之間，遊走在熙來攘往的車站人潮中。

不知該說幸還是不幸，我不曾遇上這些鬼魂。不過，我倒是曾遇見「過去」。若說鬼魂是死不瞑目的人殘留的意念，那麼，「過去」便可說是無法以「化爲回憶」的方式撒手歸去的時間亡魂。

我在中央線的電車上，看見那個人。星期四傍晚六點多，車廂裡一如往常擠滿人。由於正值梅雨季，空氣比之前更潮濕，雖然開了冷氣，乘客身上還是不斷冒出汗臭味。

平日我離開事務所後，總在神田站搭電車。這天我心血來潮，在舊書店街閒晃，最後走到御茶水站。純粹是一時興起，而且我並不是第一次這麼做。我懶得看書，卻喜歡買書。我的藏書中，有不少門外漢絕對看不懂的專業書籍，以及給幼孩童看的繪本。事實上，這一類的書是我最愛下手的目標。

常有人說我的癖好非常古怪。有一次外出辦事，恰巧發現專門賣童話故事書的舊書店，我買了好幾本中意的，捧回事務所，年輕的女辦事員居然根據這一點分析起我的心理狀態。她對我說，瀨田先生，你內心深處很渴望有孩子。

我和妻子結褵二十年，確實一直沒有孩子。我也曾因沒有孩子而感到寂寞。不過，因沒有孩子而感到寂寞的時期，妻子比我更長。甚至可說，直到現在都還沒結束。那天我回到家，轉述女辦事員的話，妻子苦笑著說，現在的年輕女孩真是哪壺不開提哪壺。之後，我有一陣子盡量不買繪本或童話故事書。

這天，我在梅雨季的綿綿細雨中走了好一陣子，收穫是討論第四代電腦市場開發的專業書籍，以及薄薄的論文集，標題是《繩文馬的化石——其發掘與目前的研究成果》。前一本是外文書，我連書名也看不懂。我會知道書的內容，多虧打工的大學生店員，看了封底的介紹後告訴我。

我拎著溼答答的雨傘，進入擁擠的車廂。由於我滿腦子只想著「車廂裡好熱、好不舒服」，直到通過飯田橋站，才發現車廂裡有鬼魂。那鬼魂在人群中露出半個頭，我很自然地發現他的存在。

一看到那張臉，我的心頭一驚。基於工作性質與個人天賦，我對他人的長相可說是過目不忘。車廂裡的那個年輕人，我一眼就看出曾跟他有一面之緣。跟我有過一面之緣的人，大部分都與工作有關。只是，上次跟這個人見面，應該是很久以前的事了。如果是最近一、兩年才見過面，待在同一車廂內，在電車行駛不到一站的時間裡，我的身體就會發出警訊，警告我趕緊在對方尚未察覺前移動到另一車廂。這樣的經驗說多不多，說少倒也不少。東京是個稱不上狹小卻異常擁擠的城市，而且出於工作上的需要，我必須擁有警覺心。

我和那個年輕人的距離不到兩公尺，恰巧面對面站著，但中間夾著大量的乘客。由於年輕人的身高跟我差不多，隨時可能對上視線，我趕緊垂下頭。

這個人是誰？我思索著這個問題，一邊假裝要擦拭汗水，再次偷覷他一眼。年輕人站在門邊，隔著被細細的雨絲濡濕而變得模糊的玻璃車窗，望著外頭的景色發愣。看起來應該是學生，而且很可能是大學生。單看臉上的表情，難以判斷他是要去學校的研究室，還是要去補習，或是要去找女朋友約會。唯一可以肯定的是，他似乎很睏，跟東京電車裡百分之八十的乘客一樣。

不久，電車抵達四谷站。原本擁擠但維持著平衡狀態的車廂，因有人要上下車而亂成一團。即使如此，我的視線仍緊緊跟隨那個年輕人。這一站開啓的是年輕人那一側的車門，只見他背部緊貼著扶手，盡量挺直身體，避開上下車的人潮。不知爲何，他吸了一下鼻子，一邊的鼻翼微微翕張。這個動作充滿稚氣，實在不像是這個年紀的人會有的舉動。只有演技糟糕的童星，在電視劇裡飾演頑皮的小孩，才會做出那種動作吧。

我想起來了。很久很久以前，這個動作我看過不止一次。

年輕人的相貌有很大的改變。雖然下巴附近的輪廓跟當年如出一轍，但體格變得結實，而且成熟許多。或許是這個緣故，鼻梁似乎也比以前高挺。除此之外，還多了濃密的鬍鬚，膚色也十分健康。唯獨眼角和嘴角，依稀殘留當年的柔弱氣質。

上次見到他的時候，他還是個孩子，比現在矮小，我必須低著頭跟他說話。或許這也是我沒第一眼就認出他的原因。

偷偷觀察他的外表之際，電車抵達新宿站。原本悠哉地倚靠在門邊的年輕人，敏捷地站穩，率先走出車外。那矯健的身手，在我眼裡像是一種挑釁，我忍不住下了車。

其實，我沒什麼明確的目的，只是年輕人下車的速度太快，我不由得懷疑，他是在躲避我。沒錯，依我和他之間的關係，他確實應該躲避我。姑且不論我怎麼想，至少他會這麼認爲吧。

然而，下車走到月台上，他的腳步並不匆促。他只是混在人群中，朝著東側出口緩緩前進。搞不好他根本沒發現我。我鬆了口氣，卻也感到有點遺憾。

走下擁擠的階梯，沿著走道步向剪票口。看著他的背影，我的腦海浮現當年初次見面時，那個孩子的臉孔……

2

大約五年前，事務所來了一個稀客。

跟今天一樣，那是個煙雨濛濛的日子，不過季節是秋天，穿長袖仍會感到冷。那個客人穿著純白襯衫，一看就讓人心生寒意。「學校規定統一換成冬季制服前，再冷也不能穿外套。」他這麼告訴我。白襯衫搭配深藍領帶，是他就讀的公立中學的制服。

當時，我們的事務所除了一般的案件調查之外，還提供一種特殊的服務，就是一般人的護衛工作。由於預期護衛對象大多是女性，取名為「護花使者服務」。專門為出於工作所需，經常夜歸的職業婦女（不見得任職於特種行業，也可能是工作時間不固定的電子、出版業，或是每到決算期就會加班到很晚的金融業），提供生命財產的安全保障。

想委託這項服務的女性客戶，每年必須支付五萬圓的保證金，此外每一次的護衛工作得支付五千圓的服務費。護衛任務是由一男一女的兩名幹員共同負責，依照合約上選定的時間和日期前往護衛對象的任職地點，伴隨護衛對象回到家門口。移動的方式原則上是搭乘大眾運輸工具，但如果委託者提出要求並支付額外費用，亦可選擇陪同駕駛私人車輛，或由我們另外準備接送的車輛。以上就是「護花使者服務」的大致內容，事務所印製的有些寒酸的宣傳手冊上，也做了一番介紹。

當時我認為要以這種方式賺錢，至少早了十年，至今想法仍未改變。依現況來看，算起來還需要五年吧。經過歲月的淬礪，東京的居民才會和外國大都市的居民一樣，明白人身的安全，是以嚴格的自我管理及額外支付金錢為前提，才能獲得保障。等民眾對這一點有深切的體認，這種夜歸者的護衛服務才經營得下去。眼下只能說，時機尚未成熟。

果不其然，所長大力推動的這項服務，短短一年就宣告徹底失敗。這一年來，只接到兩次像樣的委託。東京的女人有個特點，就是腦袋裡都配備一台經常計算錯誤、顯示面板卻特別巨大的計算機。在她們非常「理所當然」的計算下，與其支付高額的護衛費用，還得趕最後一班電車回家，不如一個人搭計程車。

雖然我們事務所的職員有不少是離職警察或防身術的教練級人物，畢竟護衛這一行的市場仍太小。最後所長決定乖乖回歸徵信事務所的本業，護衛服務自然無疾而終。老實說，我鬆了口氣，畢竟擔任護衛人員，在委託者遭遇危險時，必須捨身保護其安全才行，就像私人保鏢一樣。我在電視新聞上看過一段錄影畫面。那段影片記錄歹徒槍擊美國總統雷根未遂的過程。發生槍響的當下，周圍的護衛人員第一個動作並不是衝上去制伏開槍的男人，而是像人肉盾牌般圍繞在總統的四周，替總統擋子彈。我根本沒有這麼做的勇氣，而且如果真的要做，一次只收五千圓實在太少。

總之，這項服務短短一年就取消，宣傳手冊卻在社會上流傳好一陣子。由於針對個人提供的護衛服務太罕見，推廣初期曾有媒體記者前來採訪。正因如此，我們事務所能夠提供護衛服務的訊息始終未消失。來到事務所的那個國三學生，在櫃檯明確告知想委託護衛，聲稱是在週刊雜誌上看到這項服務，對於各項費用也相當清楚。

那是個看起來十分內向的少年，通常這種客人由女性幹員出面洽談比較適當，但事務所的女性幹員只有兩名，剛好都不在。剩下的三名男性幹員，只好猜拳決定由誰出面，最後是我輸了。

事務所裡除了會客室之外沒有椅子，我依規定將他帶進會客室。我記得很清楚，他直挺挺地端坐在椅子上，在我的心中留下深刻的印象。這年頭的國中生，就算是被叫進校長室，也不會坐得這般規矩吧。

依事務所的慣例，對於登門造訪的客人，不會一開始就詢問姓名和身分。

「你想委託『護花使者』服務？」我問道。

他重重點頭。

「可能要讓你失望了，我們已取消那個爛企劃。」

我從來不會替事務所說話，常惹老闆不開心。

「那種生意根本做不起來……你是想委託我們護衛家人嗎？」

始終低著頭的少年，忽然抬起頭說：「不是，是我自己。」

我默默凝視他一會。雖然我的推理能力稱不上優秀，還是能輕易看出他遇上什麼事。不過，爲了保險起見，我決定問清楚。

「誰想攻擊你？」

「……………」

「同學嗎？」

他又點點頭。果然，他在學校遭到欺負。

3

我一問詳情，原來他在學校遭到的對待，不是只有欺負這麼簡單。當然，如果要勉強歸類，也只能稱爲欺負吧。然而，實際上那些傷害和勒索行爲，明顯都觸犯了法律。尤其是這三個月以來，情況越來越嚴重，勒索的總額已接近十萬圓。那些欺負他的學生來自不同的班級，其中一個還是他國小的同班同學。

「你從讀小學的時候就遭到欺負？」

「嗯。」

「對方都不止一人？」

「嗯。」

「受害的學生只有你？」

「還有其他人，但我的情況最嚴重。」

少年希望委託護衛，是因爲那些壞學生常埋伏在放學回家的路上，向他勒索金錢，甚至是拳打腳踢。

「他們從不在學校裡下手嗎？」

「比較少，他們不想被老師盯上。」

「學校裡有很凶的老師嗎？如果有的話，能不能找那個老師幫忙？」

「沒用的，他們擔心被老師盯上，不是因爲害怕，而是因爲考高中需要老師幫忙寫內申書（註）。每次遭到老師警告，他們都會假裝什麼也沒做，老師便不會再追究。」

「你們學校的老師，都抱著大事化小、小事化無的心態？」

少年嘆了口氣，那神情簡直像成年人，我有些吃驚。「只能說我被當成出氣筒吧。既然沒辦法靠老師，我只能盡力保護自己。」

我愣了一下，問道：

「你說被當成出氣筒，意思是你被當成發洩怒氣的對象？」

「嗯，他們應該也覺得日子過得很沒意思吧。大家都不喜歡上學，只是爲了將來而忍耐。但他們不喜歡忍耐，所以需要一些發洩的對象，我只是不巧被他們挑上。」

註：日本國中生報考高中，國中校方會向高中提出一份「內申書」，載明學生在國中時期的成績、品行、缺曠課情況等，作爲判斷錄取的依據。

在漫長的人生中，青春期是自卑感與自尊心最強的時期。從少年輕描淡寫的口吻，我聽出任憑壞學生擺布的自卑與無奈，以及心甘情願接納事實的強大自尊心。言下之意，彷彿在說著「那些傢伙都是只能胡亂遷怒他人的廢物，跟我沒得比」。

孩子之間的霸凌往往沒有任何理由，我當然很清楚。只是，我不禁心想，眼前的少年那種不明說，卻流露在態度中的傲氣，或許是導致霸凌行為升級的原因之一。

「你在學校的成績不錯吧？」

「還行。」

我一時不知該說什麼。雖然想進一步瞭解情況，卻不曉得如何詢問。

「老實告訴你，叔叔我沒有孩子……」

少年愣了一下，露出錯愕的眼神。不是因爲沒有孩子是多麼稀奇的事情，而是不明白這跟他有什麼關係。

「例如現在的校園生活，還有學生遭欺負的狀況之類的，叔叔眞的一無所知。當然，我知道學校發生不少霸凌現象，電視新聞也都報出來了，但對我來說，實在少了一點切身的感受。你陷入困境，這一點我很明白，只是我沒把握能給你什麼建議。就算我們的『護花使者』服務沒廢除，我也不確定是否應該接受你的委託。」

「爲什麼？」

如果眞的接受你的委託，你付得出錢嗎？這是最現實的問題，但我沒說出口。其實，這年頭的孩子都很有錢，否則他遭到勒索的金額不會高達十萬圓。父母不會願意多掏錢出來幫孩子支付遭到勒索的金額，況且十萬圓不是一筆小數目，如果他偷拿家裡的錢，父母不可能不追究。

因此，我說出另一個跟錢無關的問題。

「我擔心如果這麼做，可能會刺激那些壞學生，導致你受欺負的情況更嚴重。」

少年回答得非常迅速。他想也不想地說：「不可能比現在更嚴重了。」

我一時不知該如何回應，只能雙手交抱胸前，保持沉默。

「你要我找老師幫忙，我早就試過了，但就像我剛剛說的，一點用也沒有。」少年接著道。

「你試過了？」

「嗯，告訴老師後，他們雖然從此不在學校裡欺負我，卻改成在放學的路上等我，或打電話叫我出去，不然就是直接跑來我家。」

「那麼，你的父母應該知道吧？」

「他們不知道，因爲我從來不說。我的父母很忙，兩個人都在工作。」

「就算再忙，總是能爲你撥出一些時間，你爲什麼不說說看？」

少年用力搖頭，「我的父母都是醫生，病患的生命健康掌握在他們的手中，他們怎麼能夠輕易拋下工作？」

全國醫生和實習醫學生聽到這句話，搞不好都會感到汗顏。

「你非常重視父母背負的職責，當然不是壞事，但這樣的認定，或許反倒對你的父母十分失禮。」

「怎麼說？」

「因爲這不是你應該下的判斷。你怎麼知道父母工作太忙，沒辦法撥出時間關心你？這樣的認定，不是看輕你父母的能力嗎？」

「我並沒有看輕他們的能力……」

「既然沒有，你就應該先跟他們商量。如果眞的無效，連父母也想不出解決的方法，你再來找我。然後，我們一起思考因應對策，確保你獨自行動時的安全，如何？」

要是知道我擅自提出這樣的建議，所長八成會把我罵得狗血淋頭吧。但我實在沒辦法用一句「去找你的父母」打發少年離開。搞不好，這個少年的處境眞的需要護衛，即使只有千分之一，甚至是萬分之一的機率，我也不能撒手不管。

其實，我心裡打著如意算盤。就算敵人的數量多，畢竟只是一群少年。護衛眼前的少年約莫不像其他護衛工作一樣會有性命之憂，說起來不是什麼苦差事。

至今，我依然能夠清楚憶起當初的對話。少年凝視著我，竟精準看穿我的企圖，彷彿我的領帶上寫著「不過是孩子之間的胡鬧」。

只見他解開那條薄薄的深藍色領帶。我不禁愣住，問了一句「你在幹什麼」。他沒回答，又將襯衫下襬從褲頭拉出，並且解開襯衫的鈕釦。

「我想讓你看一下。」

接著，他拉開襯衫，露出單薄的胸膛。

他的胸口浮現瘀青，而且數量不少，並非只有一、兩處。每塊瘀青的大小不同，一條緊鄰著肋骨的瘀青長達二十公分，呈紅褐色。

「這不像是徒手造成的。」

我勉強擠出這句話。少年點點頭，說道：

「他們拿警棍打我。」

「警棍？你指的是，警察用的那種警棍？」

「嗯。」

「一般人沒那麼容易弄到手吧。」

「高木說警察用品專賣店就有。只要有錢，就算是國中生也買得到。」

「高木是誰？那群壞學生中的一個嗎？」

「他們的老大，跟我國小同班的就是他。」

少年扣上鈕釦，露出微笑。「所以我才說，我是出氣筒。」

這一瞬間，我決定認眞處理少年的案子。於是，我詢問少年的姓名、住址和校名。少年察覺我態度的轉變，問道：

「你的眼神突然改變，是因爲看到我身上的瘀青嗎？」

「老師看過嗎？」

「看過，結果我剛剛已告訴你。」

我把少年的名字寫在記事本裡，一邊說：「叔叔我從前是個警察。」

少年眨了眨眼。目前爲止，這是他表現出最稚氣的動作。「眞的嗎？」

「嗯，不過我離職將近十年了。」

「離職？不是退休嗎？」

「由於一些緣故不幹了。」

「跟同事鬧僵？」

「可以這麼說吧。正確來說，是鬧翻了。不過，我並不討厭警察這份工作。所以我才很生氣，非常生氣。我沒辦法原諒那些傢伙胡亂使用警棍，就算只是仿製品，也不能原諒。」

畢竟警棍是警察的精神象徵，我在心中補上這一句。

「今天晚上，叔叔會打電話到你家。如果有必要，我會直接登門拜訪。不過不是基於事務所的立場，只是一個離職警察的私人行爲。」

「爲什麼你要這麼做？」

「第一點，是爲了給你壓力，逼你一定要告訴父母。」

少年聳聳肩。

「第二點，我很在意這件事會如何發展。」

然而，到了深夜，我才明白自己的憂心是多餘的。估計少年已將事情的始末告訴父母的時候，我打電話到少年的家裡，沒想到聽見的竟是預先錄製好的聲音。

「您撥的號碼是空號，請查明後再撥……」

4

妻子形容我當時的表情是「擔心到快抓狂」。

事實上，我眞的想盡辦法要找出少年。然而，我的手上沒有任何線索。少年留下的姓名、住址及電話號碼都是假的。他聲稱自己就讀的那所國中確實存在，但我在學校裡找不到該名少年。仔細回想，他穿的制服只是普通的白襯衫、深藍領帶和深藍長褲，上頭都沒有校徽。就算隨便說一個學校，我也不會發現他在撒謊。

少年應該是不願讓我以那樣的方式，干涉他被欺負的事情，才故意報上假名和假住址。

我不在乎受到欺騙，但這無法改變他身處的困境。如果放任不管，他可能眞的會有生命危險。我有沒有幫上忙其實一點也不重要，我只是急切地想知道他的問題是否已解決，他的生命安全是否獲得保障。

聽他說了那麼多，我應當有權利知道最後的結果。

所長和同事有的勸我想開點，有的笑我太傻。即使如此，我還是不願放棄。爲了尋找線索，我拚命回想與少年的對話，以及當時看到的景象。每當發現一些蛛絲馬跡，我就像無頭蒼蠅般到處亂竄。

三個月就這麼過去。這三個月以來，我彷彿一隻腳被釘在地上，只能在原地繞圈。

當初任職警察，我與同僚之間有過不少爭執與心結，因此，成爲徵信事務所的幹員後，我從未向以前的同僚尋求幫忙。這可說是我的一點堅持吧。

但這一次，我放棄堅持的原則。我告訴自己，這不是我一個人的事，而是關係到一名少年的死活。即使這名少年與我毫無瓜葛，還是不能見死不救。我撥出不曉得多少年沒聯繫過的電話號碼，心裡也明白，在這三個月裡，我的精神幾乎瀕臨崩潰，這通電話是我最後的希望。

我聯繫的對象，是一位巡查部長（註）。他現在雖然負責的是暴力犯罪的調查工作，但他在少年課待過很多年，是處理未成年犯罪的老鳥。我打了好幾次電話，他都不在座位上，搞得我心浮氣躁。嘗試幾次，終於成功找到他。

「好吧，我們找時間一起喝一杯，或許我能給你一些建議。你什麼時候方便？」對方在電話中這麼問，但我直截了當地說：

「喝一杯當然沒問題，不過希望你現在就給我一些建議。」

接著，我將事情的原委大致說了一遍。對方完全沒提問或插話，只是「嗯、嗯」地應聲，等我全部說完，他才開口：

「我想先確認一點。」

「哪一點？」

「那孩子身上的瘀青是眞的嗎？你冷靜地回想，確定那是眞正的瘀青嗎？如果要你在法庭上作證，你敢嗎？」

關於這一點，我在心裡問過自己好幾次，所以想也不想地回答：

「我確信那是眞正的瘀青，我的眼力還沒退化到分辨不出假瘀青的地步。」

對方陷入沉思。我聽見點打火機的聲響，接下來無言的時間，大概足夠抽掉半根香菸吧。接著，他才說：

「那孩子的話應該是眞的。」

「嗯……」

「但在一些小細節上，他可能撒了謊。例如，警棍的部分。得知你是離職警察，他應該十分緊張吧。因爲他怕你分辨得出，那瘀青是不是警棍造成的。」

「唔，不無可能。」

註：日本的警察制度的階級，由下而上依序爲巡查、巡查長、巡查部長、警部補、警部、警視、警視正、警視長、警視監、警視總監。

「關於父母的職業，他可能也撒了謊。『掌握病患的生命健康』之類，實在不像十四、五歲孩子的眞心話。我猜眞相多半是父母對他漠不關心吧。可能父母都是每天忙著工作的可憐上班族，也可能是父母常吵架。仔細想想就能明白，即使孩子刻意不想讓父母知道，但身上有那麼嚴重的瘀青，怎麼隱瞞得過去？正常情況下，父母早就發現了，更何況，如果父母都是醫生，更不可能沒察覺。由此可知，他的父母不會是醫生。」

「或許不想坦承父母感情不睦，他才撒了謊。」

「畢竟在孩子眼中，這是非常嚴重的事情。不然就是他很希望父母是醫生。」

對方沉吟一會，接著說：

「另外，關於你最擔心的孩子現況，根據我的推測，至少不會比他去找你的時候更糟。」

我握緊話筒，「何以見得？」

「那孩子應該已和父母談過，也讓父母看過身上的瘀青。」

「你怎麼知道？」

「在我看來，你大概是被當成白老鼠。」

「白老鼠？」

「沒錯，或者可說是練習的對象。那孩子明白自己跟父母之間，在溝通上有很大的問題。畢竟就像我剛剛說的，正常情況下，孩子受了那麼嚴重的傷，就算想隱瞞，恐怕也隱瞞不住。何況，那孩子約莫從家裡偷很多錢，父母卻什麼也沒問，甚至可能根本沒發現。」

我心想，確實沒錯。

「他原本不想告訴父母，處境卻越來越惡化。他找不到解決的方法，再加上他知道這件事情無法靠自己的力量解決，最後他決定向父母說出眞相。然而，下了這個決定後，他反倒十分害怕與不安，擔心父母是否會相信他的話，他的說詞是否具有足夠的說服力，父母是否會認眞看待這件事……」

我一時愣住，不曉得該說什麼才好。眞有可能嗎？看到那麼嚴重的傷勢，任誰都會相信，不是嗎？

「或許你會對我的推測抱持懷疑，其實這是十分常見的情況。站在他的立場想像一下，便不難體會。那個原本很可能成爲你的委託人的孩子，每天活在痛苦、恐懼與絕望中，雙親竟完全沒有察覺，光從這一點，應該就能想像要靠言語讓雙親明白他身處的困境，並不容易。孩子隱瞞的時間越長，隱瞞的事態越嚴重，這種想法就益發強烈。這麼一來，孩子往往會更刻意隱瞞，形成惡性循環。各種負面的念頭會浮現在孩子的腦海裡。父母眞的會相信嗎？他們不會相信吧？他們會質疑，如果我眞的被欺負，爲什麼不早點說？要是他們這麼問，怎麼解釋才好？」

我不禁閉上眼。沒錯，確實有道理……

「那孩子應該是拚命思考，到底要怎麼做，才能靠自己的力量化解危機吧。最後他想出一個方法，就是找不認識的人傾訴自身的處境，觀察對方會不會相信……我猜眞相大概就是這麼回事吧。嚴格來說，你不是白老鼠，而是練習用的假人。從你剛剛的描述聽來，那孩子的練習十分順利，我認爲他會付諸行動。既然他選擇付諸行動，就算現在還沒完全脫離困境，至少狀況會有所改善。」

「萬一他的父母眞的都是大蠢蛋……」

「唉，別想那麼多。我相信大部分的父母在緊要關頭還是會醒悟。我看過非常多的例子，這一點我可以跟你打包票。」

對方掛斷電話前，下了這樣的結論：

「陪他做了一次非常好的練習，你的任務算是告一段落。忘掉這件事情吧，再煩惱也沒有任何意義。」

然而，我沒辦法說服自己。要徹底遺忘此事，比當練習用的假人困難許多……

五年前那個身上滿是瘀青的瘦弱國三生，長成眼前的青年。他已擁有與我差不多的身高，以及比我長得多的雙腿。只見他邁開大步，朝著新宿車站東側的剪票口前進。

到頭來，我還是放心不下，一直跟在青年的身後。然而，我沒辦法上前搭話。雖然不曉得該對他說什麼，至少聽聽他的聲音也好，於是我小跑步靠近。沒想到，他突然在人群中舉起手。

仔細一看，剪票口的外頭，一個年輕女人正在向他揮手。年輕女人有著一頭短髮，一身看起來相當涼爽的水藍色洋裝。他也對年輕女人揮手，奔向剪票口。

我急忙追上去，穿過自動剪票口。只見他們並肩而行，帶著笑容，一同走向車站的出口。

「我們遲到了十分鐘。」青年說道。跟記憶中的少年嗓音相比，年輕人的嗓音沙啞、粗獷許多。

「不要緊，反正不會準時開演。上次因爲布景來不及架設，延遲了一小時呢。」

「眞的嗎？」

聽見青年說出「眞的嗎」這句話的瞬間，我有種如釋重負的感覺。沒錯，就是他。那口氣跟五年前的國中生一模一樣。

或許察覺到視線，他突然轉過頭，與我四目相交，正面相對。

然而，他馬上移開視線，望向不斷湧出剪票口的人潮。

「人眞多，熱得要命。」他對著身旁的年輕女人說道。

我頓時放下心中的大石，停下腳步，不再追趕他們，默默看著他們的背影逐漸離去。兩人很登對。女方稱不上漂亮，但相當可愛，重點是性格似乎十分開朗。

看來，那個時候你已解決自身的問題。我朝著他的背影說道。那已成爲你的過去。換句話說，那個時候我已做到你心中期望的事。

所以，你現在才能像這樣和戀人並肩走在一起。

我並不感到憤怒，但也不想哈哈大笑。我只是汗流浹背，口乾舌燥。

我看一眼手錶，腦海裡迅速列出中央線快速列車的時刻表。再不回家，便得打電話說一聲了。

於是我搖搖頭，轉身走向剪票口。回去告訴妻子這件事吧，我這麼想著。跟她一邊說，一邊喝啤酒吧。畢竟這算是值得慶祝的好事。

唯一美中不足的是，他不記得我了。

生者的特權

1

大樓或公寓的層數，其實從外頭很難數得清楚。

明子在街上晃了超過一小時，卻只得到這個結論。她不禁感到無奈，自己到底爲何離家這麼久？

明子感慨地看一眼手錶，再過五分鐘，就是半夜十二點。雖然這世界的夜生活越來越精彩，畢竟這一帶是傳統的舊社區，不是什麼繁華鬧區，早已是夜闌人靜的狀態。儘管是六月中旬，空氣中仍有點涼意，明子穿著薄薄的外套，才剛拉起衣領，簡直像是故意算準時機，突然打了個大噴嚏。

從搬到這個社區的那天算起，到今天（馬上就要過十二點，嚴格來講是昨天）剛好一星期。新公寓住處的門旁和信箱上，都還沒貼上名牌。原本想要先貼一張手寫的名牌應急，但才寫「田坂」二字，眼淚就掉下來，實在寫不下去。因爲明子忍不住想到，這原本應該已是她的「舊姓」（註）。

田坂明子。雖然好寫又好記，卻是個太平凡的名字。明子已不記得第一次向父母抱怨自己的名字，是什麼時候的事。小學四、五年級嗎？不，或許更早吧。畢竟在她的世代，班上要找出名字裡有「子」字的女同學，都不容易。佐織、鞠香、繪里、眞由、沙也加……每個名字都像是電視明星或漫畫裡的女主角。相較之下，「明子」這個名字實在俗氣到不行，明子一直對此抱持著不滿。

每當明子這麼抱怨，身爲命名者的父親就會解釋……女孩總有一天得嫁人，到時姓氏就會換掉。因此，女孩的名字應該平凡一點，與任何姓氏搭配都不會格格不入。

——爸爸，你的擔心根本是多餘的。

明明附近沒有人也沒有車，正前方的號誌燈依然老老實實地變成紅燈。她停下腳步，深深嘆了一口氣。

盡量遠離原本生活的地區，最好挑一個不太「喜歡」的地方……明子懷著這樣的想法，一直走到此處。看來這一帶相當適合，不僅擁擠、嘈雜，而且公園少、醉漢多，街道有種髒兮兮的感覺。如果是在這裡，應該不會給別人添麻煩吧。

就算在這裡跳樓自殺，也不會對當地的社區形象造成太大的傷害。

沒錯，明子一直在街上東走西晃，目的就是想找適合跳樓自殺的大樓或公寓。然而，她發現很難從外頭數得清楚樓層，而且剛好十三層樓的建築物實在稀少。

明子與井口信彥是同一時期進公司的同事。明子畢業於二年制短期大學，井口則畢業於四年制大學，而且重考過一年，所以兩人差了三歲。剛進公司的時候，兩人與其他新進人員一同參加研修活動，在位於箱根的員工宿舍住了一星期。從那個時期開始，明子就被井口深深吸引。

最近明子常自問，到底是被他的哪一點吸引。但她心裡很清楚，這個問題根本毫無意義。戀愛本來就是盲目的，沒辦法理性分析。如果要勉強舉出井口吸引人的地方，大概就是斬釘截鐵的語氣、堅定的意志、過人的智慧，及抱持著信念吧。一言以蔽之，就是一種「男子氣概」的魅力。仔細回想，不管是國小六年級的初戀，或高中二年級第一次交男朋友，她喜歡上的男生都與井口大同小異。

事實上，這也是相當受女孩歡迎的男性類型。可想而知，明子的競爭對手從沒少過。因此，在明子的眼中，明爭暗鬥與勾心鬥角可說是「戀愛」的同義詞。目前為止，明子贏過也輸過，哭過也害別人哭過。

註：日本女性結婚後大多會冠上夫姓，原本的姓氏就成了舊姓。

但如今這些都已成爲過往的「青春」，她就要與井口結婚……打從今年過年起，明子便抱持這樣的想法。因爲去年的聖誕節，井口對明子表達：

——明年我們的關係會有個結果。

哪個女人聽到這句話，會不心懷期待？哪個女人會對「有個結果」做出悲觀的解釋，認爲這是代表兩人會分手，事先做好心理準備？

當然有。或者該說，必須要有。至少井口信彥是這麼認定。因此，一個月前，井口約明子在兩人常去的飯店酒吧見面。他注視著明子，這麼說道：

——很抱歉，我們的關係就到這裡結束。

明子聽到這句話，一個不曾出現在連續劇或戀愛小說中的回應，脫口而出：

——啥？

不是「咦」也不是「什麼」，而是「啥」。

明子的下巴微微突出，睜大雙眼。此時，她的面前擺著一杯瑪格麗特雞尾酒，隔著高腳的酒杯，兩人對望。井口那張在某些人看來可能略嫌粗獷的臉，在明子的眼裡依然迷人。

井口的臉上毫無笑意。看著井口嚴肅的表情，那聲「啥」也瞬間凍結在明子唇畔。

除了妳之外，我還跟另一位女性交往。如果要挑選生涯伴侶，我認爲另一位女性比較合適。交往的那段時光，我很快樂，妳在我的心裡也是相當重要的人，但我決定與另一位女性結婚。事實上，婚禮的日期已決定。繼續跟妳交往下去，等於對兩位女性都不忠，所以我們分手，讓一切結束吧……以上就是井口對明子的「解釋」。

他到底希望我做出什麼反應？直到現在，明子仍不停思考這個問題。噢，好吧，聽起來很有道理。你眞是誠實的人，祝你們白頭偕老……難道他希望我這麼說，順便跟他乾杯？

不，井口絕沒蠢到這種地步。

那天晚上，明子獨自回到一房一廳的公寓住處，已是凌晨兩點左右。

獨處一會，明子忍不住笑了出來。進入春天，夜晚結束得特別早。直到天空泛起魚肚白，明子時而抽噎，時而傻笑，卻不曉得自己在笑什麼。驀地，她想起一段奇妙的回憶。

大約兩年前，明子有個學生時期認識的好友考上駕照。那朋友一考上駕照，隨即買一輛新車，開著到處跑，一個不小心竟撞上電線桿，車頭全毀，本人也斷了兩顆門牙和三根肋骨。事後，朋友形容當時的狀況，周圍全是看熱鬧的民眾，她聽著警車和救護車的警笛聲，摀著鮮血直流的嘴，不知爲何突然覺得好滑稽，咯咯笑個不停。明子雖然有駕照，卻不敢開車上路，聽到朋友的遭遇，一陣毛骨悚然，不懂哪裡好笑。朋友感慨地說，她明白那根本不是應該笑的情況，問題是當下看著門牙隨鮮血一起從嘴裡流出，就是忍不住想笑。莫名地，明子記起這件事。

兩件事的共通之處，在於其實一點也不好笑。那就像是神經系統的指針壞掉，剛好停留在「笑」的標示上。明子暗想，現在我的心靈和身體，都在盡全力搶修毀損的神經系統吧。等神經系統恢復正常狀態，才會出現眞正的反應。

這樣的推測相當正確。旭日照亮窗簾之際，明子終於開始哭泣。於是，她明白一件事。徹夜哭泣一點也不難，但那根本不是眞正的悲傷。當一個人眞正心碎，必定會在看見晨曦的那一瞬間流下淚水。

如今，明子決意尋死。

跟井口繼續待在同一個職場非常痛苦，明子考慮過辭掉工作，但又改變心意。與其離開，不如一死了之。如果她死了，對於那些隱約察覺內情，露出同情或揶揄眼神的同事，也算是反將一軍吧。離開那座和井口充滿回憶的城市，一個人顛沛流離，最後孤獨而死……明子迫不及待想讓大家看到這樣的結果。

若有人問明子爲什麼一心尋死，明子想必會如此回答吧……因爲無法忍耐，無法壓抑滿腔的怨恨。無論如何，一定要讓井口明白他對我做了多麼過分的事。

難道沒有其他手段嗎？沒有。明子在心裡回答。無論如何，一定要在井口的心中留下一道永遠無法復原的傷痕。一道名爲「明子」的傷痕。像他這麼自私的男人，絕不能讓他一輩子過得幸福又逍遙。

所以，我非死不可。明子不希望任何人以任何理由阻止自己。什麼以後會遇到更好的對象，什麼時間會帶走一切，什麼天底下不是只有一個男人，什麼死掉就什麼也沒有了……對明子來說，全是一些廢話。

這些我都知道，明子暗暗想著。雖然知道，但就算我在未來獲得新的人生，心中的怒火不會消失，遭到背叛而受傷的心靈也不會痊癒。我的眞愛、誠摯的心、夢想、希望與眞實的自我，都被井口的一句話徹底踐踏。此時明子的胸口，熊熊燃燒著對井口的怒火。除了直接報復之外，無法澆熄這股怒火。因此，我非死不可。爲了報復而死，不是悲傷而死。甚至可說，不是爲失戀自殺。

路旁的行道樹似乎沒經過修剪，枝葉茂盛雜亂，街燈的蒼白光芒透入樹葉縫隙，灑落在明子的臉上。放眼望去，是櫛比鱗次的砂漿材質木造房舍，其間零星穿插著一棟棟建築風格大相逕庭的半弔子公寓。除此之外，偶爾可看見一些鐵皮屋頂的工廠。地面不時出現渠道，橋梁的數量也不少，街上的燈火在污濁的渠水上形成扭曲的倒影。在明子眼中，這塊土地是徹頭徹尾的異鄉。我將要死在這個地方，明子默默想著。在這片陌生的冷清街道上。但願井口能夠體會到，我的悲傷有多巨大、傷口有多深。

——唯一的問題，就是找不到合適的建築物。

明子挑選的條件是不能太高，但越新越好。從屋頂到地面之間，不能有阻礙物。如果落下的地點有矮樹叢就更棒了。偏偏新建的大樓或公寓，一樓的大門通常採用自動上鎖系統。就算有位於建築物外側的逃生梯，通常也會上鎖。抬頭一看，屋頂還會裝設鐵絲網。防盜較不周延的大樓不是沒有，可惜外觀不合格，例如掛著霓虹燈招牌，閃爍著「天使純喫茶」之類的店名。要是從這種大樓的屋頂跳下，別人會以爲這女的是欠太多錢才自殺。

看來看去，就是沒一棟順眼。明子走了許久，抬頭望見電線桿上的地區標示牌，才驚覺已踏入鄰區。

今晚放棄吧……明子剛要轉身回家，眼角餘光瞥見一道小小的身影。

那道身影低著頭，穿著白色襯衫和白色……運動鞋。

那似乎是個孩子。

此時明子所在的地點，是狹小的十字路口。右手邊是一座兒童公園，低矮的圍欄裡稀稀落落地種著樹木。無人使用的鞦韆靜靜垂落兩條鎖鍊，彷彿睡得正熟。隔著馬路，有一長排的水泥牆，圍起兩個路口之間的整塊區域。那疑似孩童的人影，額頭抵在圍牆上，背對著明子。

圍牆裡有一棟四層樓的建築物，窗戶極多，整棟都是白色，在夜晚中異常醒目。

明子心想，那大概是學校吧。再陌生的街道，學校和特種場所還是一目瞭然，絕不會搞錯。她站在馬路的對面，凝視著那小小的白色身影。只見小小人影抬起靠在牆上的頭，緩緩邁開腳步，慢吞吞地往明子的左側前進。驀地，人影仰起頭。在街燈的蒼白燈光下，人影的臉部附近反射著銀光，約莫是戴著眼鏡吧。

那孩子前進的方向，前面有一扇緊閉的鐵門。從鐵門與內部建築物的相對位置來看，應該不是學校的正門。在黯淡的深夜街道上，那扇鐵門的內側更是一片漆黑，彷彿藏著什麼祕密。

爲什麼夜晚的學校會這麼可怕？明子忽然想起跟井口聊過類似的話題。爲什麼會說起這種事，她已記不清楚，多半是當時兩人走在夜晚的街道上吧。井口給出這樣的答案……因爲教育本來就是充滿虛僞的工作，學校本身宛如牢籠，看起來很可怕也是理所當然。

那個穿白色襯衫的孩子伸手抓住鐵門，似乎想爬上去。這麼小的孩子，爲何在三更半夜潛入學校？

明子匆匆穿越馬路，朝著那孩子奔去。短短的時間裡，明子滿腦子都在思考這個問題。第一個浮現在腦海的答案，是「放火」。明天就要考試，卻還沒準備好。如果學校發生火災，考試當然也會延期。沒錯，乾脆放火燒了學校吧……萬一那孩子眞的抱持這樣的念頭，得趕緊阻止他才行。明子心中焦急，口氣自然變得嚴峻。

「喂，小弟弟！」

那孩子轉過頭，望向明子。這一瞬間，笨拙地攀爬鐵門的孩子忽然摔下來，簡直像是被殺蟲劑直接命中的蒼蠅。

2

「你的屁股眞的沒事嗎?」

穿白色襯衫的孩子,坐在光滑的塑膠椅上。只見他一副扭扭捏捏的模樣,臀部似乎相當疼痛。明子將一小紙杯的可口可樂放在桌上,在旁邊坐下。

「沒事。」男孩子低聲回答。「我只是嚇了一跳。」

「對不起,我不是故意要嚇你。」

學校附近剛好有一家二十四小時營業的便利商店,店裡的一小塊區域設有桌椅。明子將男孩帶進店裡,讓他坐著休息。

爲了能在自殺後讓人立刻查出身分,明子刻意攜帶放有駕照的錢包。多虧身上有錢包,才能到便利商店買可樂和OK繃。男孩的右肘有著看起來很痛的擦傷,應該擦一點消毒藥水,但此時接近半夜一點,藥局早就打烊。便利商店裡,也只有一個店員默默拖地,不見其他人影。

「喝一點吧,」明子將可樂推到男孩的面前,「能讓你放鬆心情。還是你想喝柳橙汁？」

男孩約莫是就讀小學三、四年級吧。他一直低著頭，不敢抬頭看明子，臉色比襯衫還要蒼白，嘴角微微抽搐。明子心想，他大概很害怕吧。爲了讓他恢復冷靜，特地買飲料給他，卻沒什麼效用。

從鐵門上摔落時，男孩的眼鏡彈飛出去。如今右側鏡片出現裂痕，男孩仍戴在臉上。仔細一看，鏡片度數似乎相當深。

「抱歉，害你的眼鏡摔破了。」明子注視著男孩說：「好，該回家了，姊姊送你回去吧。眼鏡的事情，得跟你媽媽說一聲才行。」

男孩一聽，忽然瞪大雙眸，隔著帶裂縫的鏡片瞥了明子一眼。

「不用了，我自己回去就好。」

明子心裡明白，男孩會有這樣的反應，是害怕今晚的行動會曝光。

「小弟弟，你住在附近吧？你是那所學校的學生嗎？」

男孩又垂下目光，點點頭。

「是不是忘了東西，想回學校拿？」

男孩沒回答，只是吸吸鼻子。

「你這麼晚跑出來，爸爸媽媽應該會擔心吧？」

半晌，男孩才開口：

「他們不知道我跑出來。」

果然沒錯……

「你是第一次做這種事？」

男孩並未回答，微微歪著頭。有沒有做過類似的事情，男孩不可能不知道，他多半是擔心說真話會遭眼前的陌生大姊姊責罵，才故意裝傻。

居然敢在三更半夜溜出家門，現在的孩子真有膽量。明子原本有些佩服，但轉念一想，小時候她沒這樣做，或許只是無處可去。畢竟從前不像現在有那麼多營業到深夜的店，就算溜到街上，也不曉得能去哪裡。瞞著父母跑到大街上，這件事本身或許沒什麼大不了。

最大的問題，是這孩子企圖潛入學校。他的目的是什麼？真的是想縱火嗎？

「小弟弟……」明子盡量溫柔地說：「害你受傷，姊姊覺得很抱歉，但姊姊想再問你一次，為什麼想進學校？忘了東西嗎？」

男孩不停眨著眼，不一會眼角竟泛出淚光，哭了起來。

「為什麼哭？」

淚水不斷自男孩的眼眶滑落，連那有裂縫的鏡片也沾上一滴。

「能不能告訴姊姊，發生什麼事？或許姊姊幫得上忙。」

明子不禁暗想，離開家門的時候，我抱著一死了之的念頭，怎麼忽然當起兒童輔導員？雖然現今的孩子大多驕傲又任性，但畢竟眼前就有個淚眼汪汪的孩子，無法置之不理。

「別哭了，你是男生，要堅強一點。」

儘管身處提倡女性主義的時代，明子的話仍發揮了效用（或許這正是女性主義難以普及的原因吧）。男孩吸吸鼻子，摘下眼鏡，以雙手的手背抹去淚水。明子心想，果然還是個孩子。長大以後，就只會單手拭淚了。她不禁覺得男孩的這個舉動挺可愛。

「作……作……作業……」男孩哽咽道。

「作業怎麼了？」

「在教室。」

「在你的桌子抽屜裡？」

「嗯。」男孩點點頭。

「明天之前要做完？」

「嗯。」

「要是知道你忘了帶作業回家，老師會處罰你？」

「嗯。」男孩帶著鼻音應道。

「所以，你打算回學校去拿？爲什麼沒早一點想起來呢？」

男孩緊緊咬住嘴唇，臉皺成一團，半晌後才幾不可聞地說：「我也想早一點去拿，但被監視著，沒辦法去拿……」

「被監視著？」明子吃了一驚。「是被媽媽監視著嗎？」

男孩搖搖頭。

「不然是怎麼回事？」

「他們說要測試我有沒有勇氣在晚上到學校拿作業，所以不准我白天去拿。」

「他們是誰？」

明子焦急地問，旋即恍然大悟，難道是……

「小弟弟，是同學監視著你？」

男孩點點頭，一副「妳終於懂了」的表情。

「我不是忘記帶作業回家，是被他們藏起來。」

明子忍不住大喊：「那根本是欺負人！你被霸凌了？」

站在結帳櫃檯裡的店員詫異地望來。

男孩的臉再度難過得皺成一團。

「嗯。」

「原來是這麼回事……你不能傻傻地被欺負，應該趕快告訴老師……」

明子忽然愣了一下，沒再說下去。事實上，明子生活的周遭，沒有學齡的孩童。她對目前校園的狀況一無所知，也不感興趣。但電視和報章雜誌上，不時可看見孩子因遭受霸凌而自殺的新聞。在某些案件裡，受害的孩子甚至形同遭到殺害。光從這些霸凌案件的細節，不難看出孩子告訴老師後，處境往往只會更加惡化。

「……你不敢告訴老師，是嗎？」明子嘴上這麼問，心裡其實已有答案。男孩默默低著頭，什麼話也沒說。

正因不敢告訴老師，只能偷偷到學校取回作業。

「那些欺負你的孩子，怎麼監視你？他們怎麼可能監視你到三更半夜？」

「我們住在同一社區……」

根據男孩的描述，母親以爲男孩和那些壞孩子是好朋友。因此，那些壞孩子長時間待在男孩的家裡遊玩或念書，母親不僅不會阻止，反倒相當歡迎。

「媽媽不知道你被欺負？」明子問，男孩堅定地回答：

「媽媽不知道。我不想讓她擔心，所以沒說。」

明子不禁暗想，現在的孩子怎麼在這種事情上，想法更像個大人？

「那可眞麻煩……這樣一來，你在家裡也沒辦法放鬆心情，不是嗎？那些欺負你的孩子，總共有幾個人？」

「五個左右。」

「他們從什麼時候開始欺負你？」

「這次重新編班以後。」

「你一直在忍耐？」

男孩沒回應。接下來有好一會，他的嘴唇不停顫動，似乎很想開口，卻不曉得該說什麼，只能不斷發出哽咽聲。

「你今年讀幾年級？」

「三年級。」

如同明子的猜測。不過，以三年級的孩童而言，眼前的男孩有些矮小，加上戴著眼鏡，確實是容易遭受欺負的類型。男孩在學校的成績或許不錯，所以更容易被盯上吧。

「你才三年級，還得上學好幾年。」

「…………」

「這麼長的日子，你有辦法一直忍耐下去？」

這樣質問一個孩子，有什麼意義？明子自問。爲什麼要說這些話？我到底想表達什麼？

「你說不想讓媽媽擔心，這種想法太自以爲是了。你應該告訴媽媽，請媽媽轉達老師，才能徹底解決這件事。偷偷摸摸到學校拿作業，沒辦法解決任何問題。」

說的當然比做的容易。由於是局外人，明子才能夠輕鬆吐出這番話，畢竟男孩面臨的困境與她無關。儘管如此，明子還是只能說出這樣的陳腔濫調。

「你一定要告訴媽媽。」

明子的語氣變得嚴峻了些。這股怒氣的對象其實是自己。

「今晚先乖乖回家，知道嗎？等到明天早上，就把所有事情告訴媽媽。千萬不能偷偷溜進學校，那跟當小偷沒兩樣。來，我們回去吧。姊姊送你回家。」

明子起身催促男孩。男孩依然低著頭，慢吞吞地站起來。明子率先走出便利商店的自動門，將男孩帶出店外。

「我一個人回去就行了。」男孩應道。

「不行，太危險了。」

明子心想，如果沒盯著他，誰曉得他會不會乖乖回家。搞不好一離開，他又跑去學校。

「你跟姊姊說，你住在哪個社區？先告訴你，這一帶姊姊熟得很，你一撒謊，姊姊馬上就會知道。」

明子雙手插腰，低頭注視著男孩。

男孩戰戰兢兢地抬頭，「公團立川之丘，九號棟。」

「好，我們走吧。」

斷。

男孩走在前頭，明子跟在他的身後。其實男孩的家是不是往這個方向，明子根本無從判斷。

夜晚的街道鴉雀無聲，偶爾有亮著「空車」燈號的計程車奔馳而過。明子和男孩走在一起，兩人都沒說話。男孩垂頭喪氣，簡直像是被押解的罪犯。

走了不到五分鐘，碰上小小的十字路口。號誌燈下方的地區標示牌寫著「立川四丁目」。明子抬頭一看，十字路口的北方有好幾棟整齊排列的中樓層建築，宛如一塊塊白色積木，那應該就是公團立川之丘社區吧。

男孩果然朝著那幾棟建築物走去。兩人沿著灰色混凝土牆前進一會，來到社區入口。圍牆門內的左側有一幢平房，掛著「集會所」的牌子。平房的旁邊是機踏車停放場，中間有一條蜿蜒的小徑，前端豎立著一根標示桿，上面有個箭頭，寫著「七、八、九號棟」。

「接下來我一個人回去就行了。」男孩轉頭對著明子說道。

「好吧……那就送你到這裡。」

男孩向明子微微鞠躬，轉身進入門內。

「一定要跟媽媽說，知道嗎？」

明子朝男孩的背影喊著。男孩聳聳肩，點了點頭。

明子仍放心不下，實在拿不定主意，是否該就這麼讓他回家。

「對了，得賠你一副眼鏡。姊姊告訴你聯絡方式，好嗎？」

男孩停下腳步，搖搖頭。

「不用了，是我自己摔在地上才破掉的。」

「可是……」

不等明子說完，男孩便拖著有氣無力的步伐，走入小徑。他一直低著頭，街燈的光芒照在他的後頸上，顯得蒼白又光滑，透著一股莫名的絕望感，彷彿前方有劊子手等著要砍掉脖子上的腦袋。

他大概不會告訴母親吧……明子暗忖。凝視著男孩嬌小的背影，她越來越確定這一點。

（爲什麼我會知道呢……？）

以男孩的年紀，應該已能判斷明子建議是正確的。何況，男孩看起來十分聰明，不用擔心他聽不懂。即使如此，男孩還是沒辦法告訴父母和師長眞相，脫離困境。

因爲恐懼。

恐懼限制他的行動。就算有人對他說「不必害怕」或「害怕也沒用」，只是空費唇舌。

明子非常清楚。

（爲什麼我會知道呢……？）

因爲我也一樣。明子在心中對著自己大喊。

自從和井口分手（嚴格來說，是被甩了、被拋棄了），明子一天到晚哭泣、發怒，對朋友說好想死，好想報復井口，好想給他沉重的壓力。

每次朋友聽明子訴完苦，都會好言相勸。這樣的朋友，不止一、兩個。朋友的意見大同小異。妳不應該自暴自棄，妳不應該如此看輕自己的生命。爲了一個井口，爲了區區一個男人，妳要捨棄全部的人生嗎？妳眞的太傻，快醒醒吧，眼光放遠一點……

我當然知道。明子暗暗吶喊。我心知肚明。我曉得大家的話才是對的，大家的建議才是正確的方向，這些我都非常清楚。

然而，我就是做不到。

因爲那些建議，沒辦法消除明子內心的疼痛，沒辦法澆熄明子胸口那股熊熊燃燒的怒火。不管說得多麼頭頭是道，也沒辦法對明子造成一絲一毫的影響。因爲明子受的傷實在太深。那孩子心中的恐懼，也是一樣的道理。就像心中出現一道極深的冰溝，足以讓任何金玉良言都失去力量。

所以，我今晚才想尋死。明知不該這麼做，我還是想尋死。我來到大街上，四處尋找適合自殺的場所，將所有正確的建議拋出腦外，一心只想死得轟轟烈烈，死得有如戲劇情節。

我自己都在做這種事，怎麼有資格告訴那孩子，怎麼做才是對的？

男孩踏入小徑，早已不見蹤影。明子回過神，發現自己在奔跑，而且是全速狂奔。

明子一下就追上男孩。此時，男孩距離九號棟不到十公尺。見明子奔來，男孩嚇得手足無措。明子抓住男孩纖細的手腕，上氣不接下氣地說：

「我們去學校吧。」

男孩瞪大雙眼。帶著裂縫的右側鏡片下，可清楚看到圓滾滾的漆黑瞳眸。

「姊姊陪你一起去，偷偷把作業拿回來。只有今晚，好嗎？」

明子幾乎快掉下眼淚，爲了掩飾心中的激動，故意在臉上堆滿笑容。

「兩個人一起去，就不可怕了，對吧？」

3

男孩翻越鐵門的動作十分彆扭，似乎是剛剛跌傷的臀部隱隱作痛。明子小時候雖然是個粗魯的男人婆，但好多年沒像這樣爬上爬下，從鐵門上跳進學校裡，差點扭傷腳踝。

門後約莫是學校的後花園，只見一排排的花圃，排列得相當整齊。柔軟的泥土上插著一根根名牌，寫著學生的名字，一看就是小學才會有的景象。

抬頭仰望校舍，看起來一片漆黑，宛如融入夜色的一塊比黑夜更加深邃的空間。校舍呈巨大的ㄈ字形，中央是操場。一樓最前方的一個房間亮著燈，大概住著值班的老師或駐校的事務員吧。

「小弟弟，你的教室在哪裡？」

明子壓低聲音問。男孩默默指向左側三樓角落的教室。以方位來看，在ㄩ字形的南側。

「要怎麼進校舍？」

放眼望去，門窗緊閉，大概都已上鎖。只見男孩通過插著名牌的花圃，走向校舍的左側。

「那邊的外圍有樓梯。」男孩說道。

「上樓梯後，連接走廊的地方應該有門吧？所有的門都會鎖上，不是嗎？」

「從樓梯中間可跳到教室的陽台。有些教室的窗戶沒上鎖，找到沒上鎖的窗戶，就能進入教室。」

「小弟弟，你該不會以前做過這種事吧？」

「我是第一次在晚上來學校，不過……」

「不過什麼？」

「以前有一次，他們故意鎖上教室的門，不讓我進去。當時，我發現從外圍的樓梯可跳到教室的陽台。」

「他們是誰？欺負你的壞孩子？」

男孩默默往前走，並未回答。明子有些後悔，問了一個根本不必問的問題。

兩人走上建築物外圍的混凝土樓梯，如同男孩所說，三樓的樓梯平台與二樓教室的陽台高度差不多，距離也只有五十公分。身體輕盈的孩子只要不往下看，可輕而易舉地跳過去。

實際上，男孩輕輕鬆鬆就做到了。他轉過頭，催促明子跟上。

「我……我不敢跳。小弟弟，你從教室進入走廊，打開通往三樓外圍階梯的門吧。」

男孩愣了一下，「我一個人去？」

明子心想，他大概不敢吧。如果辦得到，一開始他就會自行回教室拿作業。

「一個人會害怕，是嗎？」明子露出僵硬的笑容。「好，那我跳……」

明子抓住混凝土樓梯的扶手，探頭往下看。幸好是晚上，雖然看見黝黑的地面，卻因太暗而難以判斷距離。

「只要不是故意，絕不會摔下去。」男孩說道。

此時男孩的注意力，似乎有一半已放在旁邊的玻璃窗上。要從陽台進入教室，應該就是透過窗戶吧。玻璃的內側一片漆黑，如果凝神細看，或許可看見一排排的桌面，泛著冰冷的光澤。不過，男孩雖然一直注意著那扇窗戶，卻刻意避免直視玻璃。約莫是害怕會出現不屬於教室裡的東西吧。

例如人臉，或是正在招手的胳臂。

相較之下，明子更害怕腳下將近三層樓的高度。

「我先把鞋子扔過去，你幫我拿著。」

屍體遭人發現的時候，要是身上穿著便宜貨，實在是太丟臉。因此，今天晚上明子穿著最喜歡的套裝，以及最高級的淑女鞋。這些都是在「銀座兼松」（註）買的，絕不是拍賣品。

男孩接下明子的鞋子，仍持續觀察著玻璃窗內的動靜。如果明子故意看著玻璃窗大喊一聲「啊」，男孩可能會嚇到心臟麻痺。

「大姊姊，妳快一點。」

「我知道，你別催。」

明子畏畏縮縮地勉強爬上扶手，由於雙手無處可抓，只能將手掌像吸盤一樣貼在牆壁上。

明明出門的時候還打算要跳樓自殺，現在怎麼連一點高度也怕成這樣？

不，這樣的高度最可怕。明子在心中辯解。這樣的高度摔不死人。正因摔不死人，在這個節骨眼絕不能摔下去。由於絕不能摔下去，所以才害怕。

「要不要我幫妳數一、二、三？」

「不用，你靜靜看著就好，我馬上要跳了。」

不過才五十公分。明子閉上眼睛，如此告訴自己。五十公分，差不多跟跨出浴缸一樣。唔，或許不太一樣。

明子睜開眼，調勻呼吸。

「陽台上什麼都沒有嗎？」

「什麼都沒有。」

「別害我跳到盆栽上。」

「真的什麼都沒有。」男孩快哭出來。「等等，我聽見教室裡有聲音……」

「怎麼可能，你別這麼膽小。」

「可是……」男孩朝教室裡瞥了一眼，「好像有東西在動。」

就在這個時候，一輛車子通過學校前方的道路。車上的人大聲播放著音樂，還打開車窗。曾在電視廣告裡聽過的旋律，驟然鑽入明子的耳中。

「……自由地展開愛的翅膀……OH YEAH……」

那歌聲簡直就像號令，逼明子從扶手跳下去。跳躍的瞬間，她分明閉上了眼睛，卻仍清楚看見黑色地面從腳底下流逝。

註：著名女鞋和女用提包品牌。

陽台的地面也是混凝土材質。明子只穿著絲襪，落地時腳底疼痛不已。由於力道太猛，她向前撲倒，狠狠摔著左肩。

「OH YEAH個頭！媽的！」

「大姊姊，別這麼大聲！」

男孩奔過來，緊緊抱住明子。

「大姊姊，妳沒事吧？」

「我沒事，你別抱得那麼緊。」明子起身拍拍裙襬。「快找找，哪一扇窗戶沒上鎖。」

每一間教室的陽台都連在一起，從校舍前端延伸到尾端，窗戶的數量當然也多得數不清。男孩嚇得直打哆嗦，緊跟在明子的身後。每一扇窗戶明子都試著拉拉看。試到第六扇窗戶，終於拉開。

「太好了，可以從這裡進去。」

如果這一面的窗戶都上鎖，就得彎過校舍的邊角，跳進另一個方向的陽台。

由於這裡的窗戶都是落地窗，不必麻煩地爬上爬下。只要跨過窗框，便能踩到教室的地板。教室裡只看得見大量的桌子，黑板則完全與黑暗融爲一體。

「小弟弟，你有沒有帶手電筒？」

「如果拿手電筒，一定會被媽媽發現……」

「打開教室的電燈，是不是很危險？」

「我也不知道……」

要是被校內人士抓到兩人闖入學校，男孩或許還能找理由辯解，明子卻是百口莫辯。看來唯一的辦法，只能慢慢讓眼睛適應黑暗。

在這麼暗的環境下，光是要穿過教室，恐怕就得費不少力氣。只見男孩嚇得全身顫抖，一點一點地慢慢退向窗戶邊。

「小弟弟，你知道這是什麼教室嗎？」

「應該是二年級的教室吧。」

「你的教室在樓上？」

「嗯，三年二班。」

「不然你告訴姊姊，你的桌子在教室裡的哪個位置。」

「爲什麼？」

「姊姊去幫你拿，你在這裡等著就好。看你怕成這樣，根本沒辦法好好走路。」

男孩嚇得整個人跳起來，大喊：「我不要！我不敢一個人待在這裡！」

他的聲音抖個不停。明子轉過頭，在黑暗中注視著男孩蒼白的臉孔，說道：

「那你就要鼓起勇氣，好好跟著我走。只是心裡有點毛毛的，其實沒那麼可怕。你在害怕什麼？」

「我能牽著妳的手嗎？」

明子粗魯握住男孩的手。

「你這麼膽小，難怪會被那些壞孩子看扁。」

「可是……」

「這裡什麼妖魔鬼怪都沒有啦。」

明子拉著男孩穿過教室，輕輕推開門，來到走廊上。此時，男孩突然說：

「眞的有，學校裡眞的有。」

「有什麼？」

「妖怪……」

明子感覺一股寒意竄上背脊，還是勉強擠出笑容。

「每所學校都會有類似的傳說。大姊姊從前讀的小學和國中都有，連現在上班的公司也有。」

「眞的嗎？」

「是啊，那些都是別人瞎掰的啦。樓梯在哪個方向？」

「那邊。」

走廊的左側是一排教室，右側是一排窗戶，窗外的下方就是操場。校舍內的格局非常簡單，哪裡有柱子和牆壁，哪裡有布告欄，全都清清楚楚。明子想在走廊的正中央直行，男孩卻拉著她的手不斷靠向窗戶，她不由得往窗戶偏移。

走了一會，來到上樓的樓梯前。明子又不禁冒出冷汗。跟剛剛的走廊相比，這裡的樓梯陰暗許多。因為走廊的旁邊都是窗戶，樓梯只在中間的平台設有窗戶。

「從這裡上去。」男孩說道。

「好，那就走吧。」

明子勉強邁出腳步。朝著樓梯踏出第一步的瞬間，明子感覺背後有東西追趕過來，嚇得拔腿狂奔。來到樓梯中間轉折處的平台，更是一陣毛骨悚然，彷彿有東西埋伏在轉角……

「大姊姊，等等我！」

明子強拉著男孩抵達三樓的走廊。由於她一心只想趕快逃離樓梯，所以不管三七二十一地右轉，在走廊上前進好幾步。

「我的教室在另一個方向。」

男孩一邊喘氣，一邊說道。平日固定上體育課的孩子，當然不會跑這一點距離就累了。他不停喘氣，大概是害怕的關係吧。

明子駐足調整呼吸，心臟像發狂般亂跳。

「喂，我問你，這一層樓有理化教室嗎？」

「理……理……理……」

「你先別怕，我只是問你有沒有而已。」

「理化教室在二樓。」

「那就不用擔心了，走吧。」明子拉著男孩，「學校裡的妖怪都在理化教室，例如人體骨骼模型之類的。」

「我們學校的妖怪不是那個……」男孩刻意壓低聲音，彷彿擔心妖怪聽見。「是在鏡子裡……」

這小鬼，眞不會挑時機說話。明子暗自咕噥。此時兩人的右前方，有一個飲水處。那是一座長方形水槽，貼著（看起來像是）淡粉紅色磁磚。水槽的上方並列著六個水龍頭，而水龍頭的上方……

「居然在鏡子旁邊說這種話……」

那鏡子不管是大小或擺放的位置，都跟公眾澡堂的鏡子大同小異。明子帶著男孩走過去的時候，鏡子一定會映照出兩人的身影吧。當然鏡子也不是故意要找碴，只是自然現象而已。

「不是這裡的鏡子。」男孩說道。然而，隨著兩人越來越靠近飲水處，男孩幾乎是貼在明子的身上。

「不然是哪裡的鏡子？」

「彎過前面的轉角……」男孩低聲回答：「經過四間教室，又會看到一座樓梯……那座樓梯的三樓和二樓之間的轉角平台，牆上有一面鏡子……」

「怎會在那種地方放鏡子？」

「聽說是畢業生捐贈的。那鏡子很大，幾乎跟那片牆一樣大……」

「那鏡子裡有妖怪？」

捐贈那面鏡子的畢業生那一屆，有個學生在畢業前夕車禍慘死，所以鏡子上常常會出現那個學生的身影……明子期待著男孩吐出類似的傳說。雖然這也讓人心裡毛毛的，至少是很老套的情節，比較能夠說服自己嗤之以鼻。

但男孩搖搖頭，說道：

「不是那種妖怪……」

就在這個時候，明子與男孩通過飲水處的前方。明知不能看，她的眼睛仍不受控制，覷了鏡子一眼。只見兩人的臉孔上下並排，慢慢在鏡子裡水平移動，簡直像是兩顆陰森的白色氣球。

（嚇死我了……）

要是鏡子裡只出現我一個人的身影，該如何是好……明子默默想著。

此時，男孩開口：「我本來還很擔心，鏡子裡會看不到大姊姊。」

原來兩人在擔心相同的事情。

雖然不像剛剛上樓一樣有如逃命，兩人仍加快腳步，通過飲水處的前方，沿著走廊向右轉。

「小弟弟，你的教室是哪一間？」

「第二間。」

藉由窗外透入的微弱亮光，隱約可看見寫著「三年二班」的牌子。教室的門是緊閉狀態。

「來，進去吧。」

明子打開門，在男孩的背上推了一把，自己也迅速進入教室內。教師的桌上擺有細長的花瓶，插著鮮花。走近一瞧，是幾朵康乃馨。不知為何，明子安心不少。

男孩突然跑向一排排的桌子之間，差不多在教室中央，掀開一張桌子的頂蓋（註）。那似乎就是他的座位。

「找到了？」

「嗯，找到了。」

男孩從桌子裡取出幾張紙，奔回明子的身邊。

「幸好沒被藏起來。」

「他們沒想到我眞的會回來拿。」

教室裡整理得相當整齊。或許是太暗，只看得見大致的擺設，跟明子從前就讀的小學比起來，多了一股現代感。教室後側的黑板下方有一排學生用的置物櫃，黑板的兩側各有十個掛鉤，大概是用來吊外套或雨衣吧。

「好，我們回家吧。」

明子剛牽起男孩的手，突然傳來「喀」一聲輕響。

霎時，明子和男孩像百貨公司的人形模特兒般靜止不動。起先，兩人都沒有看著對方的臉。半晌，兩人才緩緩轉動脖子，聽著頸骨發出的細微聲響，僵硬地對望。

「剛剛那是什麼聲音？」男孩問道。

「反正就是聲音，沒什麼大不了。」

明子嘴上這麼說，仍不敢輕舉妄動。她有種錯覺，只要屏住呼吸不要亂動，剛剛發出聲音的那個東西（雖然不曉得那是什麼），就不會發現兩人在哪裡。或許在黑暗中靜靜盤繞了

註：日本小學使用的桌子多爲上掀式，底下有置物盒。

一會（雖說是盤繞，並非指那是像蛇一樣的東西），最後就會退回巢穴。

「就算是沒人的地方，還是可能會發出各種聲音。」

「爲什麼？」

「沒爲什麼。」

明子露齒一笑，心知表情一定非常難看，自己看見搞不好會昏倒。

「好，我們走吧。」

到剛剛爲止，一直是男孩緊緊抱著明子，此時兩人卻變成互相抱住對方。明子想從教室的後門離開，男孩用力拉住她，說道：

「不能走那邊，距離我剛剛說的樓梯平台鏡子太近！我們從前門走吧，盡量離那裡越遠越好。」

明明是幼稚的論調，明子卻沒反對。兩人一同走向前門。由於身體貼在一起，走得十分彆扭。每當身體碰到桌子發出聲響，明子心臟便會縮一下。要是被剛剛發出怪聲的「那個東西」聽見……

來到走廊上，兩人不約而同地拔腿奔跑。雙手還是緊緊交握著，簡直像在跟某個人玩你追我跑的遊戲。兩人毫不停步，直接奔下樓梯，抵達二樓的走廊，才終於停下喘口氣。

「我不想再從陽台跳出去。」明子顫抖著說：「我們從一樓找個地方開門出去吧。就算沒辦法上鎖，也沒什麼大不了。明天老師們發現，只會以爲是昨天晚上忘記上鎖。」

「我也這麼想。」

於是，兩人又快步跑下樓梯。到了一樓，男孩突然縮起身子，看著右側的黑暗空間，說道：

「糟糕……從這座樓梯下來，會通到供餐室的旁邊。」

「提供餐點的地方，應該一點也不可怕吧？」

「這裡很暗，離門口又遠。從左邊沿著走廊一直走，盡頭才有門。」

明子凝神一看，黑暗的走廊確實頗長，有如一條伸手不見五指的隧道。唯有極遠處隱約有微弱的光線，似乎來自門上的小孔。沿路上，左右兩側有著數不清的門，有些開著，有些關上。整條走廊沒有一絲亮光。

「我們從外頭看的時候，不是有房間亮著燈光嗎？那個房間在哪裡？」

「走到盡頭的門，要再右轉。」

「那我們穿過這條走廊，應該不會被發現吧？」

明子邁開腳步。男孩緊貼在明子身邊，不時回望後方漆黑的供餐室。如果是白天，進入供餐室是多麼快樂的事……

隨著兩人離正前方的出口越來越近，明子的不安逐漸和緩。心情變得輕鬆，牽著男孩的動作也溫柔了些。

「剛剛你說的那個妖怪……」

「鏡子那個？」

「嗯，那是什麼妖怪？是誰死了之後變的？」

男孩緊靠著明子，回答：

「人死了之後是變成鬼，但那個是妖怪。」

「鬼和妖怪不一樣？」

「嗯，那個是像白色床單一樣的妖怪。」

「它躲在鏡子裡？」

「對，每到三更半夜，它就會從鏡子飄出來，在學校裡飛來飛去嚇人。」

明子笑了出來，「聽起來不是很壞。」

「才不呢，它會把人抓進鏡子裡。目前爲止，有五個學生和老師被抓進去，再也沒出來。每到下雨的夜晚，學校就會傳出那些人的哭喊聲。」

男孩裝模作樣地哀號：「放我出來吧……放我出來吧……」

明子雖然帶著笑容，身上卻早已起了雞皮疙瘩。

「噢，眞的是妖怪。不是鬼，是妖怪。」

「妳也這麼覺得嗎？其實我不太清楚。」男孩歪著頭說：「那個妖怪飛來飛去嚇人，會發出笑聲……嘿嘿嘿……嘿嘿嘿……」

距離正前方的門只剩約十公尺。左右兩側的教室也都是最後一間。左側教室的門關著，右側教室的門敞開。出於一種動物的本能，明子往門內瞥一眼。那一瞬間，教室裡有白色物體飄了起來。

明子以爲只有自己看見。下一秒，她明白並非如此。男孩也突然停下腳步。

兩人互望一眼。從男孩的瞳眸中，明子彷彿看見輕飄飄的白色物體。

嘿嘿嘿……嘿嘿嘿……

明子不敢肯定，是耳朵眞的聽見笑聲，還是那笑聲音只迴盪在她的腦海。驀地，男孩拉起明子的手，明子也拉起男孩的手，兩人不顧一切地拔腿狂奔。

快！快！到門外去！到門外去！兩人逃命般奔跑，來到沉重的鐵製拉門前，幾乎撞在門上。

「鑰匙呢？這個門要怎麼打開？」

「這裡！開這裡！快一點！」

根本不知道上哪裡找鑰匙。明子在黑暗中胡亂摸索，發現那扇門使用的是扣環式的月牙鎖，但拉柄卡住，動也動不了。

「大姊姊！」

聽著男孩的呼喊，明子不敢回頭。就算會死，也絕不回頭。一旦轉過頭，可能會看見像白色床單一樣的東西，在長長的走廊上飄來飄去，發出猥褻的訕笑聲，企圖將獵物拉進鏡子……眞的看見那種東西，她的最後一絲理智會徹底崩潰。

拉柄終於扳動，明子打開門鎖，拚命拉開門，帶著男孩一同奔出門外。兩人不敢停步，繼續奔跑，跳過花圃，朝著鐵門直衝而去。當初進入學校的時候，明子爬上那扇鐵門，費了九牛二虎之力，此刻卻在轉眼之間就爬到門的頂端。

畢竟還是男孩的動作比較快。他跳到校門外的馬路上，抬頭仰望著明子。倘若男孩露出看見妖怪的驚恐表情，視線停留在明子身後……明子八成會嚇到神經錯亂吧。

這次明子沒脫鞋，直接躍下路面，一個沒站穩，整個人趴倒在地。雖然模樣有些狼狽，總算是逃出學校，應該能放心了……

不過……妖怪眞的都像那樣嗎？動作敏捷，速度快得不得了……剛剛似乎快被追上，好不容易在千鈞一髮之際逃離妖怪的魔爪。那個妖怪放棄追趕，又如煙霧般迅速退回學校的黑暗空間中。

「大姊姊，妳看到了吧？」男孩哭喪著臉問。

「嗯，看到了。」

「一個輕飄飄的白色東西，對吧？那個就是妖怪！我們真的看到妖怪了！」

明子站了起來，膝蓋又痛又麻。不僅擦破皮，絲襪也破了大洞。今天穿的絲襪是一雙一千圓的名牌貨。

心悸的感覺逐漸消失，明子恢復冷靜。她深吸一口氣，轉頭對男孩說：

「我們走吧。」

兩人慢慢走回男孩的家。剛剛的驚惶失措，不知不覺消失無蹤，簡直像是以蓮蓬頭沖掉泡沫一樣，明子完全恢復冷靜。

或許是變回了大人吧，明子心想。學校有種不可思議的魔力，能夠將踏入校園的大人都變回孩童。只要一離開學校，心智又會恢復成大人的狀態。

兩人回到社區入口，明子出聲：

「剛剛真的好可怕，對吧？」

男孩默默點頭。

「小弟弟，妖怪和壞孩子，哪一邊比較可怕？」

男孩嚇一跳，縮了縮脖子，回答：

「沒辦法比較。」

「兩邊都很可怕？」

「是啊，還用問嗎？大姊姊，如果是妳被欺負，應該也會這麼想吧？拿這種事情和妖怪比，要怎麼比？」

也對……明子暗暗想著。但大姊姊今晚遇上你之前，以為天底下再也沒有可怕的東西……反正我就要自殺……

實際經歷過，大姊姊發現妖怪還是很可怕。此外，跳到陽台上也很可怕。

明子彎下腰，看著男孩說：

「小弟弟，你擅長記電話號碼嗎？」

「還算拿手吧……」

「好，那你記住我的電話號碼。」

明子緩緩說出家裡的電話號碼。男孩歪著頭，嘴裡不停複誦，終於記住。

「你回到家，立刻寫下來，以免忘記。如果有一天，你鼓起勇氣，想跟媽媽說被欺負的事，就打這個電話號碼。接到你的電話，姊姊就會來為你作證。姊姊會告訴你媽媽，你說的都是眞的。」

男孩眨了眨眼，凝視著明子。他的眼皮微微下垂，大概時間太晚，有點睏了。

「還有，如果那些壞孩子又逼你晚上去學校，你也打這個電話。姊姊會來找你，陪你一起去學校。」

「妳不怕妖怪？」

「怕，可是姊姊會陪你去。」

明子拍拍男孩的肩膀，接著說：

「所以你一點都不用擔心，乖乖回家去吧，知道嗎？」

男孩低下頭，有些不安地眨眼。明子推了他的肩膀一把。

男孩嘴裡不斷念著明子的電話號碼，邁開腳步。

「大姊姊，妳叫什麼名字？」

明子的臉上堆滿笑容，「田坂明子。」

男孩重複幾次後，又說：「我叫島田健太郎。」

目送男孩走進九號棟，明子轉身踏上歸途。

恢復成一個人，明子忽然覺得好累，好想睡覺，忍不住打了個呵欠。打了一個，忍不住又打一個。大大地打完呵欠，明子噗哧一笑。

——今天晚上經歷了一場大冒險。

眞是太可怕了……明子喃喃自語。多少年沒嘗過那種恐懼的滋味？仔細想想，自從成年，似乎就不曾有這種單純的恐怖體驗。

——何況是遇到眞正的妖怪。

想到這裡，明子自顧自地笑了出來。一旦恢復冷靜，理性判斷也不再是難事。

——那個妖怪冒出來的時機未免太巧。

依常識思考，不難發現妖怪的眞面目。多半是黑板旁邊的掛鉤上，有人吊了一條配餐用的圍裙，兩人經過門口，圍裙恰巧掉下來吧。

在當時的情境下，那確實跟妖怪沒兩樣，有著令人心驚膽跳的力量。

明明打算要自殺。不，應該說，差一點就自殺了。

明子拖著鞋跟，緩慢前進。頂著依然昏暗的夜空，通過那些不適合自殺的大樓和公寓下方。

明子自問，我還想爬上其中一棟大樓或公寓，從屋頂跳下嗎？明天的夜裡，我是否會像今晚一樣，抱著必死的決心，在街上遊蕩尋找自殺地點？

明子想不出答案，內心世界彷彿被毛玻璃遮蔽，眞正的感受藏在哪裡，連自己也找不出來。爲什麼會這樣，她也說不出所以然。

驀地，明子脫口而出。

「我還活著。」

雖然只是低聲呢喃，卻從明子的嘴，確實傳入明子的耳中。我還活著。現在活著，未來也會活著……

明子張大雙眸，在靜謐的夜晚街道上轉頭，望著與男孩分開的方向。

沒錯，得活下去才行。因爲我跟那孩子約好了。如果那孩子打來電話，我一定要接，還要幫他作證。如果死了，就無法完成約定。

爲什麼我會做出那樣的約定？

絕非因爲對方是個孩子，所以隨口敷衍。明子做出那種承諾，確實是爲了守護那孩子。

在那個當下，明子早已將今晚要自殺的決心忘得一乾二淨，才會做出那種只有活著才能實現的承諾。

——我還活著。

原來我一直還想活下去。

以田坂明子的身分，與井口信彥毫無瓜葛地活下去。

這句話中，隱藏著一股新的能量。每當明子試著說出這句話，能量就增強一分。腳步逐漸恢復氣力，住處的公寓就在不遠的前方。在沒有死成的夜晚，明子第一次流下了眼淚。

漏心

1

——郁美不知在大喊著什麼。

照井和子抬起半昏睡狀態的腦袋，睏倦地瞄床邊的鬧鐘一眼。現在才早上六點多，不要緊，還能再睡一下。孩子們不曉得在吵什麼……那確實是郁美的聲音。咦，連一樹也起來了？明明是星期日，他們怎會那麼早起？

昨天晚上胡思亂想，一直沒辦法入睡，此時和子感覺腦袋好沉重。房仲公司的人九點才會來，再睡一下……應該能睡到七點半左右吧。打掃、整理家裡，讓房子看起來體面一點，一小時就綽綽有餘。

從眼皮之間的縫隙，隱約可看出窗簾透著微弱的晨光。和子整張臉埋在枕頭裡，想著……太好了，天氣還不錯……

外頭又傳來兩個孩子的吵鬧聲。他們不停喊著「媽媽、媽媽」。不一會，一陣腳步聲靠近，接著是一陣敲打房門的聲音。

「媽媽！媽媽快起來……」

還沒喊完，郁美已開門衝進來。和子拉起毛毯，蓋住頭。

「讓我再睡一下……」

「媽媽！慘了！」

「家裡有麵包，你們自己弄早餐吃吧。」

「我不是說那個！」

郁美的聲音似乎有點顫抖，和子雖然愛睏，卻也察覺不對勁。和子從毛毯裡探出半個腦袋，朝女兒望了一眼。

下一瞬間，和子完全清醒。

大約四年前，郁美還在就讀小學二年級，有一次比她小三歲的一樹從公寓通往集會室的階梯摔下，送醫後頭上縫了五針。郁美當時就在一樹的旁邊，和子則是站在稍遠處的管理員室前，和管理員聊天。郁美突然氣喘吁吁地奔到和子面前，把弟弟摔傷的事告訴母親。郁美的表情，與現在一模一樣。那表情彷彿訴說著發生非常可怕的情況，她不知該如何是好。她不確定是不是闖了禍，又驚又怕，一方面想道歉，一方面卻也明白趕緊解決問題更重要。但要解決問題，她不曉得能做什麼……父母看見孩子露出那樣的表情，壽命應該都會縮短好幾年吧。

和子立即坐起，問道：「發生什麼事？」

郁美開口想要回答，卻笑了出來。儘管在笑，一對眼珠卻焦急地轉來轉去，完全沒有笑意。

「好奇怪，怎會有這種事？」她搖著頭。

「到底是什麼事，快說。」

和子趕緊下床。郁美抓著母親，咯咯笑個不停。

「客廳下雨了。」

「下雨……？」

「地板上都是水！是一樹發現的，他去上廁所，發現廁所裡也都是水，跑來把我搖醒……」

和子奔出臥房。只見一樹捲起睡褲的褲管，站在客廳的入口處。

「媽媽，這是怎麼回事？」一樹仰頭看著母親。

和子瞠目結舌。

郁美沒說謊。客廳約十二張榻榻米大，天花板的一角不斷有水滴落，簡直像下雨一樣。

和子抬頭仔細觀察，天花板的漏水區塊明顯膨脹，周圍牆壁的壁紙也多了不少皺紋，宛如手腳笨拙的打工店員包裝的年節伴手禮盒。

而且，滴水不止一排。總共有三排，水滴彷彿算準時間，輪流滴落。

第一排滴水，流過客廳東側的窗戶邊緣。靛青色窗簾上方一角完全濕透，變成深黑色。由於下方沒鋪地毯，木頭地板上形成一大灘水窪，不時有水滴落在中央，發出清脆的水花聲。

第二排滴水比較靠近客廳中央，與第一排滴水相距約五十公分，卻因爲底下是布質沙發，沒發出半點聲音。郁美小心翼翼地走上前，摸了摸沙發的扶手，說道：

「簡直像是剛洗完還沒脫水的衣服。」

和子也將手伸向沙發的坐墊，食指一按，水就滲出來。爲了避免沙發繼續受水滴摧殘，和子想移動到旁邊，但不管是推或拉，沙發都紋風不動。那座沙發體積龐大，相當沉重，吸水後重量更是暴增至平常的兩倍以上。

第三排滴水最靠近牆壁。仔細查看，會發現滴落的速度也最快。落點的正下方，是一張義大利進口的小矮桌。那張小矮桌價格不菲，和子當初非常中意，打工存了好久的錢，最後還是以分期付款的方式才勉強買下。如今水不斷滴落在小矮桌的桌面，沿桌邊流向地板，滲入地毯。由於水量太多，地毯無法完全吸收，不少水流到客廳另一頭。那裡有一本郁美昨晚看完沒收的漫畫雜誌，也吸飽了水。

雜誌的厚度膨脹到原本的一．五倍厚。不單是雜誌，客廳裡約有八成的東西都遭殃。除了家具之外，各種生活用品和地毯都泡在水裡。明明是七樓，客廳卻彷彿淹了水。

這是漏水！和子做出判斷。這些水都來自樓上，也就是八樓！

「得趕快告訴金森先生才行！」

跟在母親身後的郁美，像是把所有驚慌都送給母親，恢復了冷靜。

「還有，得趕快取消今天看房子的約！這副情景要是被看見，房子就更賣不出去了！」

這裡是「巴克海茲城南」公寓南棟七樓七〇三室，是照井一家人目前的住處。當初公寓一建好，照井一家人就入住了，至今已過五年。如今，照井家打算賣掉此處，還在今天安排「賞屋活動」，邀請有意購屋的人來實際看看屋內的情況。郁美口中的「金森先生」，就是房仲業者。

「舉辦賞屋活動，通常都是看熱鬧的人多，真正想買的人少。不過，如果不做點宣傳，房子可能永遠賣不出去。」

金森這麼鼓勵和子，和子也認同。事實上，剛委託房仲公司賣房子的時候，不僅印製宣傳單，也在《住宅資訊週刊》上刊登，等了整整一個月，卻只有一個買家前來詢問。對方拚命砍價，雙方光是在價格上就談不攏，後來對方突然說找到更中意的房子，便沒了下文。

難道是賣得太貴？不，其實已降價好幾次，不能再降了。總不能搞到連房貸都還不清，沒辦法無限度地降價。問題是，明明盡可能降價求售，房子依然賣不出去，最後金森才提出「不如舉辦賞屋活動」的建議。昨天他還爲了這個活動，在附近到處張貼宣傳海報。

「接下來，只能祈禱明天是好天氣。」

臨走前他留下這麼一句話。

「唉，這下慘了……」和子捧著腦袋說：「你們快幫忙到街上把海報撕掉！」

「但這些水……」

「漏水的事情，交給媽媽處理，你們快跑到街上，撕下所有的海報。通往車站的路上，應該貼了不少張，要是有人看見海報，今天突然跑來就糟了。」

「遵命！」兩個孩子匆匆奔出家門，家裡只剩下和子一人。和子像一樹一樣捲起睡褲的褲管，心驚膽跳地走向那三排滴水的中間。水持續以驚人的速度落下，隨實可能滴在和子的頭頂上。和子抬起頭，瞪著天花板。

光靠眼睛瞪，當然沒辦法阻止漏水。壁紙布滿皺紋，明顯吸滿水，一旦拉扯，恐怕會整張掉下來。

「太過分了……」和子喃喃自語：「到底跟我們有什麼深仇大恨！」

水依然滴個不停。和子趕緊走進盥洗室，拿出水桶、水瓢和消防用三角水盒，放置在漏水處。她走得小心翼翼，避免滑倒。接著，她步向客廳另一頭，拿起對講機的話筒，以及掛在旁邊牆上的緊急聯絡手冊。

那本手冊早已濕透，內頁變得又軟又糊，上頭記載的電話號碼也因滲水而難以辨識。和子又氣又急，不曉得該怎麼辦才好，不經意地揉了揉眼睛，卻發現頁面上的電話號碼突然變得清晰。原來模糊的不是紙張，而是熱淚盈眶的雙眼。

2

首先趕來查看狀況的，是住在公寓裡的管理員。他姓白井，年紀約五十五歲，身材矮小，跟妻子一同住在東棟。剛趕到的時候，他的嘴角仍沾著牙膏。

「眞是不好意思，星期日還麻煩你……」和子向他致歉。

「不、不，請別這麼說。我已聯絡緊急處理中心，他們馬上會派人過來。」

白井仰頭看著天花板，不禁嘖嘖稱奇。

「南棟是第一次。前陣子西棟那邊，也發生過一次漏水的情況。」

水滴聲此起彼落，實在有點吵，他只好提高嗓門。

「不曉得這些水是哪裡來的……」

他將手伸到水桶裡，掬起一些水聞了聞。接著，他又重新掬起一些水，仔細觀察水的顏色。

「這水很乾淨，應該是自來水管破了。」

和子也跟著伸手到桶裡，掬了一些水。果然沒錯，不僅觸手清涼，而且比想像中清澈透明。

「得和樓上的人說一聲才行。上面是八〇三室嗎？我和那一家沒什麼往來，所以不太熟。」

白井的辦事效率頗高，他立刻找來南棟的設計藍圖和平面圖，攤開研究一會後，說道：

「不見得是八〇三室，也可能是八〇四或八〇五室。」

和子不禁咂了個嘴。仔細想想，七樓和八樓的房屋格局不盡相同。因此，七樓七〇三室的正上方，不一定是八〇三室。

「巴克海茲城南」是一座相當大規模的公寓社區，分為東、西、南三棟，每棟都有八層樓高，總戶數高達三百二十戶，儼然是一座小型都市。不過，相較於其他大型社區，這裡每一戶的格局差異極大，除了可供一家人生活的三房型和四房型之外，也有小坪數的一房型和兩房型。當然，大坪數的家庭型占絕大多數，唯獨最頂樓的八樓，約有一半是一房型和兩房型。當初買下這裡的房子時，房仲業者提過，大部分的人都不喜歡買最頂樓，畢竟頂樓受陽光直接照射，夏天會非常炎熱。由於這個緣故，頂樓住戶搬遷率比較高。小坪數的房型大多集中在頂樓，方便投資客買來轉手或當房東收租金。

照井家所在的七樓，跟最頂樓差了一樓，而且是朝南的房型，當初以爲是最佳的選擇。因爲樓上不是家庭房型，比較不會出現刺耳的孩童吵鬧聲。實際入住，也的確如此。至少到目前爲止，一家人沒遇上任何困擾。這屋子可說是鬧中取靜，跟其他住戶保持相當程度的距離。所以，照井一家人始終不知道樓上和樓下住著什麼人。當然，在電梯裡遇上，還是會互相打招呼，但對方到底住在哪裡，根本搞不清楚。

和子和丈夫利之購屋的原則，就是「盡量避免麻煩的鄰居往來」。一直到昨天，兩人都不曾爲此感到後悔。如今家裡漏水，才發生不曉得樓上住戶是誰的窘況。

「我來府上之前，打過電話，八〇三和八〇五室的屋主都在家。這兩戶都是企業承租，給員工當宿舍。我已告知他們漏水的事，唯獨八〇四室的屋主似乎一直不在家……」

白井微微皺起眉，搔了搔耳後，接著說：

「如果我沒記錯，八〇四室的屋主是個大學生。」

「一個人住？」

「對，應該是一個人住。房屋登記的持有人是他的父母，住在……我有點記不得，只要查緊急通訊錄，應該就查得到。」

父母買公寓給還在讀書的孩子……眞是太有錢了。

「有錢真好。」和子想起自家的遭遇，說話不禁有些酸溜溜的。

白井露出附和的笑容。

「實在讓人羨慕。屋主的母親三不五時就會來照顧孩子的生活起居，也跟我打過招呼。」

接著和子與白井討論起家具與地毯的慘狀。談了一會，管理公司的負責人員帶著水管修繕業者一起上門。那負責人員是男性，姓工藤，看起來年輕有朝氣。他向和子遞出一張名片，說道：

「發生這樣的狀況，真的很抱歉。請讓我拍幾張照片，申請保險理賠會用到。」

他取出小型自動對焦相機，朝著天花板、牆壁和地板拍照。忙碌一陣，他轉頭說：

「接下來我想去樓上看看。白井，麻煩你。」

於是，白井跟著他們一同上去八樓，留下和子獨自待在漏水的客廳。此時，和子才想起必須通知丈夫利之。

一看時鐘，快要八點。利之不曉得床了沒？會不會昨天工作太累，還在睡覺？不，搞不好正在陪客戶打高爾夫球。

照井利之是一名工程師，任職於一家總公司在大阪的光學儀器製造公司。今年三十八歲，直到上個月，職銜都是東京本部企劃開發部次長。當年是透過朋友介紹認識和子，兩人已結婚十五年。

婚前，和子任職於東京都內某家小型信用合作社，根本不清楚光學儀器製造公司的工程師是怎樣的工作。而且利之從不把工作帶回家裡，所以直到現在，和子依然對丈夫的工作內容一無所悉。

和子知道自己無法提供任何協助，向來秉持不過問丈夫工作的原則。這樣的相處模式，目前為止都算是成功。利之生活中大部分的時間都投入工作，平常很少有什麼娛樂活動。自從當上中階主管，利之的娛樂也只是偶爾陪客戶打高爾夫球。利之不擅長喝酒，雖然玩過一陣子小鋼珠和麻將，但技術太差，後來都沒碰了。正因沒有任何娛樂消遣，利之每個月的薪水都拿回家裡。和子每個月會給他少許零用金，但他多半是請下屬吃飯，或買一些昂貴的專業書籍。唯一的缺點，大概就是收入不夠多吧。不過，這不能算是利之的責任。何況，不管是任何領域、任何企業的工程師，收入似乎都難以讓人滿意。

由於收入不足，加上孩子也大了，為了貼補家用，去年秋天和子找到一份在住家附近的超商負責檢查商品的兼差工作。平日從早上十點，一直工作到下午兩點。原本和子就不喜歡整天待在家裡，去外頭打工她並不覺得痛苦。

日子一天天過去，和子生活上幾乎沒有任何不滿，但就在上個月，照井家發生天大的變化。

利之突然告訴和子，公司將在九月進行人事異動，他也在異動的名單上。利之的神情有些僵硬，和子登時想到丈夫約莫是被轉調到完全不同的部門。新的職位可能必須處理完全不同的工作，與利之原本想做的工作不同。

一問之下，利之卻搖搖頭。「不，不是妳想的那樣。我算是被特別拔擢。」

「拔擢？意思是，你升官了嗎？」

「嗯，上頭把一個全新的計畫交給我負責。實際上我只負責技術層面，不過名義上還是主管。」

和子雙手一拍，「那不是很棒嗎？恭喜你了！」

「但有一些問題。」

利之搔著嘴角說道。每當他做出這個動作，表示有難以啓齒的話。以往出現這個動作，他不是想換新電腦，就是想買要價五萬圓的資料集。

「什麼問題？」

「工作地點會改變……」

「不在東京？」

利之點點頭。

「在東京錄用的職員，一定會讓他們留在東京工作，這不是你們公司的基本方針嗎？」

和子錯愕地縮起下巴，問道：

「調到哪裡？應該不是大阪的總公司吧？」

「嗯……」利之望向窗外，「四國的松山市郊外。」

和子一時驚訝得說不出話。

和子與利之都在關東地區長大，一輩子不曾搬離。對兩人來說，四國的松山市實在是相當陌生的土地。

「夏目漱石的《少爺》裡，男主角任教的那個松山市？」

「是啊，聽說從新的研究機構到道後溫泉，開車只要三十分鐘。」

「噢……應該是好地方吧。」

和子不禁陷入沉思，利之開朗地低聲說：

「那邊的物價很便宜呢。」

問題是，東京的房子該如何處置？

起初，和子以爲只要新計畫上軌道，利之就會調回東京。因此，她提議就算要舉家搬到松山，這段期間房子也可先租出去。利之表示贊成。

但傳出人事異動消息的一星期後，利之回到家裡，忽然無奈地說這項異動不會在短時間內結束。

「其實，公司高層打算將總公司從大阪遷移到松山。」

據說，公司高層認爲只要能夠確保物流動線不出問題，根本沒必要把總公司設在地價高昂的大阪。事實上，大阪總公司的大樓是租來的，並非公司資產。或許是租金年年高漲，公司不想再負擔這筆開銷。

「所以呢？」

「所以，我很可能會一直在四國工作。畢竟這次的新計畫，本來就是大阪總公司主導。他們從東京調派一些人過去，擔任新計畫的核心人員，我就是其中之一。」

這麼一來，把東京的房子租出去，卻持續支付高昂的房貸，就失去意義了。既然利之會一直待在四國，總不能讓他一個人搬到四國。和子認爲家人要生活在一起，這是一個家庭的基本條件。

「看來只能賣掉……」

和子喃喃低語，利之默默點頭。

不久，公司的新計畫正式啓動，利之在高層的催促下，先搬到松山。由於公司的員工宿舍尚未落成，利之在研究機構附近的公寓暫租小小的一戶。

「反正孩子們要轉學，最好等跨年度，不如我先過去吧。別擔心，我一個人不會有事。」

利之的個性一板一眼，什麼事都照規矩來，和子並不擔心他會營養失調。只是這麼一來，處理房子的重責大任，全落在和子的肩上。

和子決定先找房仲公司談一談，而負責爲她接洽賣屋事宜的正是金森。

金森的態度恭敬，說出來的話卻令人擔憂。

「首先，最近出租公寓的行情不太好……供過於求。妳也知道，這幾年實在不景氣。」

「家庭型的公寓也租不出去嗎？」

「假如要出租，妳打算租多少錢？」

和子一邊思索，一邊觀察起金森。他似乎超過三十歲，額頭卻像孩童一樣光滑，沒半點皺紋。難道房仲業界這麼無憂無慮，他的額頭完全沒機會生出皺紋？或者……所有會導致額頭產生皺紋的事情，他們都讓客戶自己去煩惱？

「屋齡五年，面積七十二平方公尺，有三個房間，大致上是朝南的房子，不過有點偏西。」

「好的。」

「浴室不僅浴缸有加熱功能，還可晾衣服。」

「浴室乾衣功能？好的，我明白了。」

「房子打掃得很乾淨，而且我和丈夫都不抽菸。」
「好的。」
「走路到車站大約二十分鐘，不過搭公車只要五分鐘，班次很多。」
「從地圖上來看，買東西似乎也很方便。」
「是啊……」
和子嘆了口氣，接著說：
「但我實在不知道該估多少……能否直接告訴我行情價？」
「大概十四、五萬圓吧……如果管理狀況良好，或許有機會開到十七萬圓。」
這個租金還算讓人滿意。房貸的年限是三十五年，每個月的金額是十萬五千圓，領獎金的時期要多付三十八萬圓……
「問題不是行情，而是能不能找到房客。」對方接著道。
「很難租出去嗎？」
「沒實際試試，我也不敢肯定，但我最擔心的是，最近的公寓建案實在太多。」
「建商蓋來賣的那種公寓？」
「是啊，最近的銀行利息低到誇張，建商都趁現在貸款蓋房子，推出新建案。首都圈內的公寓大量增加，導致價格下跌。只要能夠湊得出頭期款，與其每個月花十七萬圓租房子，不如付更少的房貸，直接買下房子。」

和子一聽，額頭到鼻頭都擠滿皺紋。

「這樣一來，我就算想賣掉房子，也賣不出去？」

「要賣也是不好賣，但總比出租的希望大一點。畢竟屋齡還很新，只要價格壓得夠低，就有機會脫手。」

「壓得夠低是多低？」

「當初你們買這房子花了多少錢？」

「五千三百萬圓……」

金森輕輕點頭，在便條紙上寫下幾個字。

「五年前剛好是泡沫經濟的後期，有點不妙……貸款剩下多少？」

「能籌錢的門路，我們全用上了……」和子扳著手指，「公庫融資、年金融資、公司的融資制度、與賣屋公司合作的銀行貸款，還向父母借了一些……」

「總共加起來有多少？」

「大概剩下四千萬圓吧。」

金森默默點頭，和子接著說：

「距離東京都心只要四十分鐘車程，畢竟是買斷的房子，這樣的價格我們覺得挺合理。」

「嗯，以當時來看，確實很划算吧。稱得上是高級公寓，建商的規模也大。」

和子不禁低下頭，感覺既懊悔又窩囊。年輕的女事務員送上茶，和子將鬱悶的心情配著茶嚥進肚子裡。

當初不惜背負超過四千萬圓的債務，也要買下房子，或許太勉強。這一點，和子心知肚明。但和子一看這房子，就喜歡得不得了，說什麼都非買下不可。反正只要努力工作賺錢，還清貸款就行。如果沒辦法擁有眞正想要的東西，怎麼激勵自己更加努力？和子是這麼告訴自己的。

「這麼貴的房子，我們恐怕買不起……」利之原本這麼認爲，最後是和子說服丈夫。

金森光滑的額頭上，終於出現一條皺紋。

「如果現在要賣……」

「大概能夠賣多少？」

「三千七百萬圓吧……」

差太多了。如果賣這個價格，貸款還會剩下三百萬圓。

「四千兩百萬圓可以嗎？這樣我們至少能夠還清貸款。而且，後續有各種費用得支付。」

「這個嘛……以這個金額賣賣看，也不是不行……」

金森額頭上的皺紋消失，並不表示前景樂觀。他大概只是抱著「要怎麼開價隨便妳，反正賣不出去是妳家的事」的想法，和子有這樣的感覺。

「我們盡力幫妳把房子賣出去。但如同我剛剛說的，最佳的選擇，還是等景氣稍微恢復再賣。」

「我們等不了那麼久。」

雖然搬到松山後，應該會有員工宿舍，但照井家的經濟狀況沒寬裕到每個月白白支付貸款。

「何況，就算現在不賣，誰能保證將來行情一定會變好？」和子說道。

「這麼說也沒錯。好吧，先以妳希望的價格賣賣看。」

實際公開販賣，房子卻一直乏人問津，價格從四千兩百萬圓往下掉，四千一百五十萬、四千一百三十萬……如今已掉到四千一百萬圓。

就是在這樣的情況下，和子決定舉辦公開賞屋活動。

和子打電話給利之。他已起床，正在準備早飯。

「好，你先吃吧。我現在要告訴你的話，可能會害你沒心情吃早飯。」

「發生什麼事?」

「漏水。」

和子將事情的原委述說一遍。利之輕聲咕噥後,問道:

「很嚴重嗎?」

「都可以摸蛤仔了。」

「只有客廳?」

「還有廁所和盥洗室。主臥室和孩子們的房間沒事。」

「大概是管線配置的問題吧……」

利之喃喃自語,又說:

「千萬不能被看見。」

「這我當然知道。」

「不光是來看房子的客人,還有附近的鄰居,也不能讓他們知道。」

和子一時愣住,利之接著解釋:

「買中古屋的人,會先觀察環境,並向街坊鄰居打聽狀況。要是知道房子曾漏水,就算是樓上的問題,買家也會以此爲由大殺價。」

和子心想,這個年頭就算什麼事也沒發生,價格依然會被殺得亂七八糟吧。

「我知道了，我會多加小心。」

「全靠妳了。」

和子感覺淚水又快奪眶而出。

3

金森一接到通知，嚇得立刻飛奔而來。一看見客廳的慘狀，他忍不住連連嘆氣。

「怎麼偏偏在這種節骨眼……」

「我已吩咐孩子們出去撕掉海報。」

「是嗎……？我製作了宣傳的旗子，幸好沒擺出來。」

金森臨走前告訴和子不用擔心，若有人想看房子，他會先拖延時間。沒想到金森一離開，竟有兩組人登門拜訪，聲稱昨天看到海報，今天想來賞屋。和子以「家裡突然有人生病，不方便招待客人」為由，將他們打發走了。不料，那兩組人離去不久，郁美突然跑過來說「管理室旁邊停著一輛大貨車，車身上大大寫著『水管修理‧抓漏』等字」，和子一聽頓時冷汗直流，不知那兩組人有沒有發現。

這天下午，水管修繕業者終於發現漏水的原因及位置。白井和工藤帶著施工藍圖再度來訪，工藤指著天花板說明：「八〇四室的自來水管連接處出現裂縫。」

工藤是個身材瘦削、膚色白皙的年輕人，長得有點像最近當紅的明星，穿上女裝搞不好會很漂亮。郁美坐在客廳的角落，一直盯著他，似乎頗感興趣。

「是哪裡塞住了嗎？」

「不，其實是這樣的……上個星期，這棟公寓不是進行過管線清理作業嗎？」

「啊，對。」

公寓的管理公司每半年就會委託專門的業者，前來清掃自來水管和排水管。管理制度上的用心，和子向來認爲是一大優點。

「所謂的管線清掃作業，說穿了，就是以高壓的水流灌入管線，沖掉管線裡的阻塞物。這個過程中，管線原本較脆弱的部分……尤其是轉彎的位置，可能會承受不住壓力，產生裂縫，導致漏水。雖然不是經常發生，但也不是什麼稀奇的情況。」

「意思是，不是任何人的錯？」

「可以這麼說……」工藤如此回應後，又急忙補充道：「漏水的位置算是八〇四室的管線，名義上得由八〇四室負起責任，但包含更換壁紙、修理天花板和清掃的費用，全都能向保險公司申請理賠，你們不必擔心。」

「我一直沒辦法聯絡到樓上那名學生。」白井接著說：「所以，我改爲聯絡那名學生的母親，請她拿鑰匙來開門。不然，我們沒辦法進入八〇四室。」

「這麼說來，那位學生的母親在樓上？」

「對，她會來跟妳打聲招呼。」

水管的破損並不嚴重，一下就修理好了。但漏水的情況似乎已持續一陣子，八〇四室的地板下方積著大量自來水。

「過去這些水都被天花板吸收，外表看起來什麼事也沒有。當水量越來越多，天花板再也吸收不了，就沿著貫穿樓上地板和樓下天花板的排水管縫隙，流到樓下。」

管理員臼井臨走前，故意壓低聲音，問了一句：「你們打算要賣房子？」和子點點頭，回答：「是啊。」

「放心，馬上就會修好。」

他笑著說完，便轉身離開。

直到傍晚接近五點，業者才修完水管，吸乾八〇四室地板底下的積水。不過，大約從三點以後，照井家就不再漏水。和子立即指揮孩子們，一家三人著手進行大掃除。因此，當樓上學生的母親如同工藤的預告，前來「打聲招呼」的時候，和子正捲起袖子和褲管，頭上綁著吸汗的布條，手上還拎著抹布，看起來簡直像粗獷的工人。

「這位是住在八〇四室的淺井先生的母親。」

工藤介紹完，那名中年婦人低頭鞠躬，說道：

「敝姓淺井，這次眞的給府上添了很大的麻煩。拙夫由於工作的關係，沒辦法親自前來，因此囑咐我好好向府上致歉。」

婦人穿著相當有品味的套裝，從鮮豔的色調和高雅洗鍊的領口剪裁來看，搞不好是義大利進口的名牌貨。腳下踩著一雙高跟鞋，與婦人矮胖的身材格格不入，走起路可能有點辛苦。小小的臉蛋，體型卻頗爲臃腫，那種不協調反倒給人一種可愛的感覺。從脖子和眼角的皺紋判斷，婦人約莫四十五、六歲，但皮膚光滑細緻，幾乎到令人嘖嘖稱奇的地步，或許是保養得宜。

聽說，這對父母買了高級公寓的小套房給孩子。想到這點，和子並未對婦人光鮮亮麗的外表感到驚訝，一股厭惡之情倒是油然而生。何況，她披頭散髮地忙著大掃除，這女人竟穿得那麼體面來拜訪，眞是太失禮了。

「幸好找出原因，不然連你們家的地板也要淹水了。」和子說道。

「是啊……。」淺井婦人深深點頭。「剛接到工藤先生打來的電話，我嚇得冷汗直流，以爲我們家的英司又不小心讓浴缸的水滿出來。」

負責居中介紹的工藤笑著說：

「英司先生這幾天參加大學社團的集訓活動，去了清里（註）。」

「是啊，我兒子三年級了，卻不愛讀書，一天到晚參加社團活動……」

「請問他參加什麼社團？」

「他說是什麼山遊社，我搞不太清楚。」淺井婦人笑得花枝亂顫。

「反正就是爬山，對吧？」

和子將抹布扔進腳邊的水桶。郁美和一樹互望一眼，似乎想說話，卻不敢開口。

「要吸乾樓上的水，是不是得在地板上挖一個洞？」和子轉頭問工藤：「在屋裡走路還得避開地板上的洞，應該很麻煩吧？希望不會影響她家的孩子念書。」

「沒關係，反正他根本沒在念書。」淺井婦人笑道。

「一問之下，才知道英司先生是我的學弟。」工藤接著說：「我們都是早稻田大學的政經學部出身。不過，我當年沉迷社團活動，成績相當差。」

「唉呀呀。」

淺井婦人與工藤各自笑了起來。

「眞巧，我先生也是早稻田畢業的。」

和子也跟著笑了。

註：位於日本山梨縣的度假勝地。

淺井婦人臨走前，又對和子深深鞠躬，遞出一盒伴手禮。那件手禮的盒子以膠膜封起，盒上寫著法文（那應該是法文吧），不知是店名還是商品名。

「一點小意思，給府上的少爺和小姐吃。」

「之後我會跟府上聯絡，辦理保險事宜，如果有任何需要幫忙的事情，請儘管打電話給我。」

工藤說完，便帶著淺井婦人離開。大門一關上，和子立即雙手插腰，氣呼呼地「哼」一聲。

「這是什麼？」

一樹與郁美迫不及待地打開那盒伴手禮。

「哇，是巧克力！」

「這家店在代官山很有名！我在電視上看過！」

木盒裡整整齊齊地排列著色澤鮮豔的巧克力。將鼻子湊上去，還可聞到洋酒的香氣。

「說給少爺和小姐吃，卻送這種摻酒的零食！」和子不悅地說道。

「但看起來好好吃！睡前吃一點，應該沒關係吧？反正裡頭加的酒，應該沒多到吃了會醉的地步。」

「眞正的大小姐才不會吃這種東西。」

郁美和一樹不約而同地笑出來。

「媽媽，妳今天怪怪的。」

「爲什麼媽媽剛剛要撒謊？」

「媽媽哪有撒謊？」

「爸爸根本不是早稻田畢業的。」

和子心煩意亂，再也難以壓抑。地板擦了很多次仍不停有水滲出，更讓她怒火中燒，只想立刻衝到陽台大叫，發洩心中的鬱悶。混帳！王八蛋！有錢又怎樣！有什麼了不起！

和子緊緊閉上眼，才沒脫口而出。

「小孩子別管那麼多！」

和子粗魯地提起水桶。

她走進浴室，看見映在洗臉台鏡子上的自己。凌亂的頭髮，沾滿灰塵的臉孔，臉頰上有好幾道汗水流過的痕跡。

和子抬起手肘，以袖子擦了擦臉，但還是那麼髒，一股怒氣再度湧上心頭。

4

接下來的半個月，不僅工藤多次來訪，保險公司也派人來查看房子受損的狀況，確認照井家想進行哪些修繕。

如果家裡能夠盡早恢復原狀，再多的麻煩事，也沒什麼大不了。最讓和子感到頭疼的是，每次有人登門拜訪，超市的工作就得請假。原本她想在搬到松山前盡量多打一些工，存一些錢，現在全化爲泡影。

一想到賣掉這房子可能沒辦法還清貸款，和子就覺得吃東西都像在嚼蠟，夢想全失去色彩，連泡澡的時候，都常感到一股寒意竄上背脊。

更糟糕的是，和子胸口的怒火一直沒熄滅。

雖然這次的漏水事件並非人爲過失，但照井家再怎樣也算是受害者，和子應該放寬心，蹺腿等著跟保險公司拿錢。然而，一想到淺井婦人那彷彿與世無爭的笑容，她就有一股吐不出的怒氣。嚴格來說，淺井婦人算是禮數周到，何況根據工藤的描述，淺井英司是她的獨生子，多少有些溺愛，也是人之常情，局外人大可一笑置之，根本沒必要過度在意。只是不知爲何，和子就是沒辦法將這種事拋到腦後。

幸好，不管是協調、修繕或與保險公司交涉，都由公寓管理公司的工藤一肩扛起，和子沒必要再與淺井婦人見面。她心裡很清楚，如果又見到淺井婦人，心中的怒氣一定會更旺盛。如今眼不見爲淨，也算是不幸中的大幸。

另一方面，和子卻不禁想見識一下，住在八〇四室的那個淺井兒子到底長什麼模樣。他是什麼類型的年輕人？受到父母溺愛的優等生？還是，腦袋空空的紈褲子弟？

雖然是住在上下樓層的鄰居，要相遇卻不容易。除非特地守在對方的家門口，否則根本沒機會碰面，和子自然沒空做那種事。

然而，爲了見這個兒子一面，和子決定親自登門拜訪。前陣子，利之的老家寄來一些栗子，和子剛好能夠以回禮當藉口，到他家按門鈴。

（這是我公公上山撿來的栗子，分一些給你……你媽媽不是常來嗎？或許可以請她煮栗子飯。）

和子連說詞都想好了。八〇四室的門口名牌上，確實寫著「淺井英司」這個名字。和子按下對講機的按鈕時，不禁有些緊張。

叮咚、叮咚。

毫無回應。

（難道又去爬山了嗎？）

明明是學生，整天只知道往外跑，也不留在家裡念書。

叮咚、叮咚。

即使站在走廊上，也能聽見屋內的鈴聲。

看來是不在……和子決定轉身離開，隔壁八〇三室的門突然打開，走出一個年輕女人。女人穿著寬鬆的圍裙，高高隆起的大肚子依然明顯，應該懷孕五個月了。

「妳找淺井先生嗎？」隔壁的女人問道。

「是啊，但他好像不在家。」

「嗯，他經常不在。」

「他不是學生嗎？」

「大概是不愛念書的學生吧。」女人捧著肚子笑道。「他眞的很少在家，我倒是常遇到他的母親。」

「聽說他的母親每個星期都來？」

女人的頭微微歪向一邊，回答：「嗯……好像是。每次遇到，她都會向我打招呼。對了，上次清理水管，還有檢查瓦斯爐和清洗牆壁之類的，也都是他的母親來幫忙開門。」

像這種必須開門讓業者進入家中的清掃或檢查作業，居住者通常會在指定的日子，乖乖待在家裡。或許是母親擔心兒子的學業繁忙，不希望兒子請假，才出面代爲處理吧。

和子笑著問：「是第一胎嗎？」

女人微笑回應：「是啊，好不容易才有的。」

「看起來有五個月了吧？到這一階段，應該不必再擔心。對了，妳喜歡栗子嗎？」

「咦？啊，喜歡。」

「這個送妳。」和子遞出裝著栗子的小紙包。「請別客氣，就當是給孩子的禮物。」

女人顯得有些惶恐，和子硬將紙包塞到女人的手裡，自顧自地搭電梯下樓。她驚覺住了五年，這是第一次與鄰居交流……

十一月初，公寓終於修繕完畢。和子與金森討論，決定在第一個星期六和星期日再次舉辦賞屋活動。兩天共來了六組客人，只有一組客人感興趣。但那對夫妻在屋裡東看西看，不停咕噥著「太貴了」，顯然希望也不大。

由於必須配合孩子們的入學時間，一家人最晚必須在明年的春假前搬到松山。根據利之的說法，到時員工宿舍應該已落成。和子每次打電話給他，都覺得他的聲音聽起來相當疲累，而且他還會抱怨一個人生活實在諸事不便。

賠償申請書已完成簽名蓋章，保險金也撥款了，工藤卻仍經常來訪。或許聽說這房子是在想脫手賣掉的時候發生漏水意外，有些擔心後續的狀況吧。每次來訪，他都只問一聲最近好不好，閒談幾句就離開。郁美卻似乎有點喜歡上這個高高瘦瘦的年輕人，每次只要他來訪，必定會待在家裡，哪裡也不去。

十一月中旬，工藤再度來訪。這天，他是要請和子在提交給保險公司的最終收據上蓋章，郁美刻意搭話，不時對他露出別有深意的眼神。

閒聊一會，話題剛好轉到大學上，工藤忽然像是想起什麼，說道：「樓上那位淺井太太，不是說她兒子就讀早稻田的政經學部嗎？」

「是啊，她上次是這麼說的。」

「我爸爸也是早稻田畢業。」郁美插話，和子趕緊朝她偷偷擠了擠眼睛。

「我的頂頭上司，也就是營業本部的本部長，他兒子也是讀早稻田的政經學部，今年三年級，按理應該跟淺井太太的兒子同一屆。」

工藤接著說，本部長的兒子表示早稻田的政經學部三年級，根本沒有名叫淺井英司的學生。

「本部長的兒子特地去查名冊，確定沒這個人……該不會是我們聽錯了吧？」工藤最後說道。

和子笑著回答：「搞不好已休學，只是他母親不知情。」

「這就不清楚了……」

「其實，光是經常不在家這一點，我就覺得奇怪。大學生會一天到晚不在家嗎？」和子接著道。

「而且他的房間好乾淨，衣櫥裡的衣物擺得整整齊齊，浴室一點水漬也沒有，簡直就像是……」

和子與郁美見工藤欲言又止，湊過來問：「簡直就像是什麼？」

工藤露出尷尬的微笑，「沒什麼，應該是他母親打掃得太乾淨吧。整個屋子冷冷清清，根本不像有人住在裡面。」

工藤離開後，郁美幫忙將空咖啡杯拿到廚房，一邊說：

「對了，媽媽，有件事不曉得妳發現了嗎？」

「什麼事？」

「住在樓上的那個淺井……」

「妳說那個兒子？」

「嗯……」

郁美輕輕抬頭望向天花板。由於剛換新，整片天花板潔白光亮。

「媽媽曾聽到他在樓上走路或開水龍頭的聲音嗎？我一次也沒聽見。大學生應該很喜歡熬夜，但就算是晚上，樓上還是安安靜靜，一點聲音都沒有。」

和子也望向天花板。除了新貼上的裝飾板之外，當然什麼也沒看見。

數天後，金森突然來電，劈頭便說：

「好消息。」

和子興奮得差點沒跳起來，「有人要買房子嗎？」

「沒錯，而且是以我們最初開的價格。」

「四千兩百萬圓？」

「是的，對方似乎相當有錢。我一開始先報四千兩百萬圓，並告訴對方或許有議價的空間，沒想到對方竟說他們知道這房子很好，不用再議價了。」

和子不禁嘆了口氣。不管是淺井家或這次的買家，為什麼有錢人這麼多？

「對方是怎樣的家庭？」

「是一對中年夫妻，聽說丈夫是經營物流業的大老闆，擁有好幾棟出租公寓。他們目前住在川口市，但讀大學的兒子住在你們那棟公寓裡，由於實在放心不下，想搬進同一棟公寓。那對夫妻自稱姓淺井……喂，照井太太，妳在聽嗎？喂？喂？」

「我絕不把房子賣給他們。」

利之在遙遠的電話彼端露出苦笑。

「這種事情有什麼好在意的？」

「我就是不要，那個淺井太太讓我很不舒服。」

「沒辦法，有錢人大多是那副德性。」

和子高高鼓起臉頰。

爲什麼會這麼在意、這麼生氣，和子也說不出所以然。毫無理由地拒絕這樣求之不得的機會，實在太愚蠢。

然而……和子就是嚥不下這口氣。

明明我那麼努力，老老實實地辛勤工作，沒投機也沒做任何虧心事。只不過是買房子的時機有點糟糕，賣房子的時機也有點糟糕，竟背負這麼多貸款。房子一直賣不出去，每天晚上胃痛失眠，偏偏又遇上漏水，吃了那麼多苦，卻只能咬著牙硬撐……

（給府上的少爺和小姐吃……）

爲什麼那種裝模作樣、故作清高的人，買房子像買包子饅頭一樣輕鬆？

「妳該不會拒絕了吧？」利之問道。

「沒有啦。」

「太好了，過年之前我會回東京一趟。」

「什麼時候回來？」

「下個週末吧。我會在東京待到年假結束，接下來賣房子的細節就由我來談。這樁買賣一定要談成，知道嗎？」

如果理性分析，利之當然是對的。他從以前就是務實的人。

「但我就是不要。」

「和子，別任性了。」

「……不要就是不要，爲什麼你不能體諒我的心情？」

「簡直像個孩子，連郁美都比妳成熟多了。」

利之笑道。和子緊緊握著話筒，轉頭看著自己映照在玻璃窗上的臉。一個每天必須外出工作的女人。一個爲了打工，每天必須站四個小時的女人。一個每天忙於照顧孩子、打理生活，卻沒時間關心自己的穿著打扮和年紀的女人。一個充滿無奈的女人。再怎麼擠出笑容，殘留在臉上的青春年華也所剩無幾。

賣房子的事情談得十分順利，雙方敲定在明年三月底交屋。利之非常積極，彷彿想彌補把賣房子的任務丟給和子的過錯。他勤跑銀行和房仲公司，準備各種資料，幾乎整天都盯著存摺。

隨著日子一天天過去，和子對淺井太太的厭惡感也漸漸淡了。畢竟只見過一次面，和子認爲耿耿於懷實在沒意義。她甚至已能夠露出苦笑，告訴自己沒必要嫉妒別人的人生。

話雖如此，和子還是一點也不想跟淺井夫妻見面，大大小小的手續皆由利之負責出面辦理。事實上，和子認爲這樣對雙方都好。利之負責將東京的一切收尾，和子則負責爲搬到松山後的新生活打點各種瑣事，日子依然過得十分忙碌。

搬家當天，除了管理員白井之外，連工藤也來送行。

「幸好一切都很順利。」工藤露出放下心中大石的表情。

在松山生活一個月後，發生一件事情。

由於親戚過世，和子爲了參加喪禮，必須回娘家一趟。利之相當體貼，告訴和子不必急著回家，在東京住兩、三天也沒關係，和子也有此打算。守靈儀式和喪禮結束，和子前往拜訪白井。畢竟五年來受過他不少照顧，搬家的時候卻沒機會好好道謝，和子決定帶一點伴手禮給他。不過松山的特產是什麼，和子也搞不清楚，何況送禮還是以實用爲佳，最後她買了讚岐的烏龍麵。

走到管理員室的門口時，白井正坐在裡頭，皺著眉翻看一些統計資料。注意到和子，他登時露出微笑。

「照井太太，好久不見。」

「前陣子受你關照了。」

白井趕緊將和子請進管理員室，泡了即溶咖啡，兩人於是閒聊起來。聊了一會，白井忽然左右張望，壓低聲音說：

「照井太太，妳還記得淺井太太嗎？」

和子笑著回答：「他們夫妻現下住在七〇三室吧？他們的兒子住在八〇四室，我家曾被漏水問題搞得人仰馬翻，怎麼可能忘記？」

白井嗓音壓得更低，「我要說的正是他們兒子的事。」

入口大廳的信箱室不斷有人進進出出，白井似乎擔心接下來要說的話被聽見，傾身湊了過來。

「其實，那對夫妻根本沒有兒子。」

和子眨了眨眼，愣然反問：「什麼？」

「他們沒有兒子，打一開始就沒有。住在川口的時候，他們就沒有兒子。換句話說，他們是爲了根本不存在的兒子買公寓，在裡頭擺放家具、生活用品和衣物，淺井太太簡直像是在玩當母親的扮家家酒。」

和子吃了一驚，剎時想起工藤和郁美提出的疑點，以及八〇三室那個懷孕的年輕太太說過的話。

（政經學部三年級，根本沒有名叫淺井英司的學生。）

（走路或開水龍頭的聲音，我一次也沒聽見。）

（上次清理水管，也是他的母親來幫忙開門。）

「該怎麼說……其實有點可憐。」白井接著道：「像我們這樣的公寓，住戶之間不會互相干涉，只要保持距離，隱瞞這種事並不難。但畢竟住在同一棟公寓，日子久了多少會有人察覺不對勁。我也是聽到一些傳聞，心中覺得納悶，才偷偷詢問她的丈夫。」

淺井先生告訴白井，妻子長年以來一直以爲自己有孩子。

（我實在不忍心在內人面前說出眞相。她不僅爲兒子買公寓套房，還勤勞地打掃房間、清洗衣物……如果做這些事她的心靈能夠獲得平靜，我不打算戳破……）

事實上，淺井先生很反對搬進這棟公寓。他擔心這麼做，鄰居更容易察覺不對勁。果不其然，他們夫妻搬進來不久，已開始傳出風聲。

（內人堅持要搬進來，說什麼以後可能還會發生類似漏水的事件，不能讓英司一個人處理，我們必須陪在英司的身邊……聽她這麼說，我只好同意。）

最後淺井先生向白井深深鞠躬，請求白井幫忙隱瞞。

「他們夫妻眞的打一開始就沒有英司這個孩子嗎？還是……後來過世了？」

「這我就不清楚了，畢竟不好多問。」

和子離開公寓，在前往車站的路上，瞥見淺井太太從馬路另一側的人行道走來，似乎正要回公寓。一時情急，和子躲到附近郵筒的後方，一顆心七上八下。

淺井太太穿過斑馬線，走向和子這一側。路上行人眾多，她似乎沒發現和子。只見她穿著印有圖紋的亮色上衣和白色長褲，揹著材質柔軟的黑色皮革提包。

她走上和子這一側的人行道，與和子僅相距約一公尺。仔細一看，她的肌膚依然光滑細緻。

但如今和子最在意的，並不是她的肌膚，而是那對澄淨無瑕的眼眸。漆黑的瞳孔炯炯有神，彷彿看著他人所看不見的事物。

那清澈透亮的眼眸，有種似曾相識的感覺……

淺井太太的嘴角帶著若有似無的微笑。她正要回到自己的家，回到丈夫和孩子的身邊。

和子愣在原地，目送淺井太太離去。

半晌後，和子終於想到那對澄澈透明的眼眸像什麼。

像水。從天花板往下滴的水。觸手冰冷，純淨無瑕，卻不斷從指縫流逝。沿著牆壁往下滑，在地板上不斷擴散，足以奪走他人心中暖意的水。

——這次我們家的英司給府上添麻煩了……

和子彷彿看見淺井太太在寂靜的八〇四室裡，打開衣櫥，取出外套，以毛刷細心清潔的景象。那弓著背不斷擺動手臂的身影，浮現在她的眼前。

那天，和子伸出掌心，接下從天花板落下的水滴。直到這一刻，她依然感覺掌心如此冰涼。她輕輕握住雙手，好似想緊緊包覆那股寒意。

解說——陳栢青

丟在電車上的雜誌爲什麼能通往時代？

※涉及故事關鍵情節，未讀正文者請慎入

城市裡的漫遊者是最初的偵探。電車上的拾荒人也可以變成時代的考古學家。和也在電車上撿到了女性雜誌《COLLECTION》。帶回家給妹妹都子看，就讀高中三年級的都子這樣對他說：「既然要從電車上撿，怎麼不撿《anan》或《non-no》？如果我已出社會，《JJ》也行。」、「媽媽一向都是看《家庭畫報》，不是嗎？《COLLECTION》是給三十歲左右的女生看的雜誌。」兩句話根本是書店店員，協助你幫雜誌做了年齡、取向分類，也提供讀者一個窺看日本社會組成的切口。究其分類之細，發展之繁，豈止是雜誌，那是一個拿著鑷子在玻璃瓶裡用牙籤搭起海盜船的，無比精細而多層次的小世界。倒是很想問問小說裡「要撿就撿《anan》或《non-no》」的高中女孩都子她知不知道以下這段歷史？一九七〇年《anan》創刊，接著是《non-no》雜誌推出，因爲《anan》、《non-no》的旅行特輯，帶動了一波女性獨立旅行的風潮。活在新世紀的人們很難想像一九六〇年代的日本，年輕女孩多半還必須跟團，跟著家庭或公司集體出遊。隨著雜誌被電車掠過的強風掀開，更多女孩拉著行李箱提起輕便尼龍袋大踏步往前，「anan族」誕生了。深夜列車探照燈照亮的豈只是地平線那端，也鬆動了社會對女性的界線。

九〇年代高三女生都子如果有感嘆，她的嘆息也早就透過宮部美幸另一篇短篇小說〈十年計畫〉裡搭計程車的女乘客說出口了。計程車司機告訴乘客，年輕時自己因爲感情糾紛被迫離職，生活陷入困境，乘客嘆氣並想：「這果然是三十多年前才會發生的狀況。如今二十歲的女性找工作一點也不困難。就算找不到正職，也可暫時打零工。」女乘客回頭瞬間，大概會從計程車車窗上看到一九七〇年代《anan》族女孩的倒影，時代是一列火車，一切不由自主，背後有一個更大的力量推動他們，而列車上的人們也正改變著時代。一九九六年宮部美幸短篇小說集《人質卡農》出版，世紀末的小說在二十年後的今天重讀，毋寧更像是小說裡少年和也撿到的雜誌《COLLECTION》，「COLLECTION」本身就有採集、搜集品的意思。我相信小說家是有意以此爲象徵，那也是她在這本小說裡做的事情。對時代和都會一次又一次進行採集，無論深夜便利商店的邂逅、計程車上的閒談、電車上撿拾失物，或是公寓大樓房客的邂逅，那些都是都市生活的碎片，強調偶遇與隨機性，但偏偏就是城市裡的偶然，在小說家的巧思下會體現爲必然，恰如所有的機會，在某個好聽的故事裡將成爲命運。「現代生活」於此誕生。宮部美幸以小說引領我們的眼，帶我們看見那些轉瞬便掠過火車舷窗的時代光景。

日常，以及其異常。

二〇〇二年新海誠《星之聲》中，高中女孩到外太空打怪，巨大機器人於失重深空中旋身作陀螺轉，背後是無數星船和光束火砲齊發，應該是壯麗的太空歌劇，但女孩內心的獨白卻是：「我啊，有很多懷念的東西，譬如，夏天的雲、冰冷的雨、秋天涼涼的風、春天柔軟的泥土、以及深夜便利商店給人的安心感……」在黑暗大宇宙裡最懷念的，卻是深夜的便利商店，那恐怕是作爲城市一代人的全新鄉愁。宮部美幸在一九九六年的《人質卡農》便捕捉到這份心思。從這方面而言，小說家一直走在時代的前沿，不如說，人心的前緣。《人質卡農》中收錄諸篇小說的共同技術是，小說家與其說是說故事，不如說是，描述感覺。或者更正確的來說，她是用「描述感覺」的方式在「說故事」。

諸篇小說中情節在跑，法度嚴謹，但我們會發現，小說家在推動情節之餘，還調度了很多感覺的描述。試舉數例，諸如便利商店裡的購物衝動：「爲什麼每當家裡存量不多，又剛好在便利商店裡看見時，就會毫不猶豫放入購物籃？」，或是碰到車禍等衰事時不怒反笑：「她聽著警車和救護車的警笛聲，摀著鮮血直流的嘴，不知爲何突然覺得好滑稽，咯咯笑個不停。」、「不懂哪裡好笑。問題是當下看著門牙隨鮮血一起從嘴裡流出，就是忍不住想笑。」……

這類描述以「爲什麼……」、「某某人也」作爲起始，其實是感覺的容器，它無關故事主線，只是試圖描繪在城市生活的某種起心動念。宮部美幸在這時更像是一個採集者，讓小說成爲「COLLECTION」。當然，你可以說，就算拋開這些關於城市生活感覺的描寫，故事也可以繼續跑下去，所以，小說家爲什麼這麼做？

細究起來，小說家不厭繁筆（或煩筆），正是這些描述，提供一個比情節更重要的效果。它提供通道。讓你能連結。

宮部美幸在做一件重要的事情，小說家用「感覺」連結讀者，以細膩的筆觸捕捉城市生活可能生起的感嘆，試圖喚起你在城市生活的共感，一旦你也覺得「我在便利商店也會這樣」、「我碰到衰事也會這樣不怒反笑」，你無形中也就進入小說中，或者讓小說進入你之中。

而這個連結的創造，是爲了體現什麼？讓我們來看看〈人質卡農〉裡搶劫發生那一刻，小說家是怎麼描寫的：

「逸子原本沒聽見店內播放的音樂，直到音樂消失才察覺。」、「店內鴉雀無聲。便利商店販賣的商品，並不包含沉默與寂靜。因此，這時的靜謐，釀出詭異的氛圍，彷彿便利商店不再是便利商店了。一家沒開燈、沒店員，也沒音樂聲的二十四小時便利商店，就像僵屍一樣，根本不應該存在於世上。」

你瞧，便利商店可以是人類在宇宙最深的鄉愁。但只要關掉音樂，那裡同時會是「根本不應該存在於世上的地方」。「忽然關掉便利商店的音樂」正是整本《人質卡農》在做的事情——不如說那就是整個現代文學系統在做的，以及此後宮部美幸會花十年、二十年做的——小說創造連結，正是爲了要在某一刻斷開連結。這時候，整篇小說成爲一個動詞，斷開鎖鏈，斷開連結，斷開一切的牽連。小說便成爲刀，宮部美幸借此揭露這個城市文明的脆弱。以及我們以爲的日常，其實超異常。這把把異常視爲正常的日常，正是現代生活的怪奇物語。

沒有連結的連結

〈沒有過去的記事本〉這篇小說裡，高中生都子告訴我們日本雜誌分類有多細。但又豈止是雜誌，〈人質卡農〉中，主人翁逸子望向便利商店中醉酒的大叔，心裡想的則是「那大叔的腦海裡，多半正滔滔不絕地數落著『山葵牛肉口味』或『北海道奶油口味』的缺點」，所以豈止雜誌要分類，細究起來，任何商品都必須分類。甚至要不停創造新口味。也就是創造新分類。舊的還沒去，新的一直來。「分類」是現代生活的基本，也是資本。分類便利於行銷，讓你快速找到需要的商品。分類創造商機，如果沒有這一個分類，你就創造一個出來。活在一個被分類的世界裡，分類成爲一種確認。都子以閱讀《anan》與《non-no》確認自己高中女生的身分。她也知道「出社會後，《JJ》也行」、「媽媽一向都是看《家庭畫報》」，亦即換了身分，過了年紀，連看的雜誌都要換掉了。原來不只是人幫物（像是小說裡的雜誌）分類，物也反過來幫人分類。這是現代生活的弔詭處。人反過來變成

「COLLECTION」，被採集，被分類。更弔詭的是，這卻是我們賴以爲生的方式，在都會生活裡，分類讓你成爲你，分類明確自身的定位。

反過來說，如果你跟我各屬不同分類呢？

那就是距離的誕生。

於是城市之間人與人的最大連結出現了。那就是「不連結」。《人質卡農》諸篇小說裡再三提示讀者那份最異常的日常，正是這份沒有連結的連結：

——〈人質卡農〉中，逸子和國中生共同經歷了便利商店搶案，但再次相見時，逸子忽然明白，「原來我們只是便利商店裡的朋友。」、「就讓這個關係留在便利商店裡吧，逸子如此想著。那彷彿是與白天的生活隔絕的空間。」

——〈沒有過去的記事本〉裡，大學生和也已經一陣子沒去學校上課了。但同住一個屋簷下，「只要和也不說，父母多半不會發現。」、「大約十五歲以後，除了日常生活中必要的對話之外，和也變得很少與父母交談。詢問過一些朋友，發現情況大同小異，因此和也並不認爲自己的家庭有什麼奇特之處。」

——〈往事〉中在事務所的敘述者「我」曾經成爲少年坦白霸凌的練習對象，但多年後「我」再次遇到少年，「他突然轉過頭，與我四目相交，正面相對。然而，他馬上移開視線，望向不斷湧出剪票口的人潮。」

城市生活裡，距離反而是必要的。陌生則是一種必然。「不連結」便是都會人裡最大的連結。就算共同經歷過綁架曾生死與共，就算是同個屋簷下的一家人血脈相連，但一切終究有斷層，僅僅只是深夜落地窗發亮的便利商店，發生在那的，就留在那。誰都和誰有隔。沒有什麼真正緊密相連。但正是這份不連結，讓我可以成爲我。又讓我們成爲我們。我們連感覺和生活也被分類了。城市中最怪異的事情莫過於此。但一切又如此理所當然。

而在這樣既日常又異常，把不連結當成連結的狀態下，過去統一的、簡單的、適用於集體的價值觀被挑戰了。

例如，關於正義。在過去，推理或犯罪小說往往質問的是，什麼是「正義」？以「WHAT」去詢問，得到的答案是絕對的。

而越接近現在，關於正義，此刻推理與犯罪小說的提問是，那是誰的正義？以「WHO」做發語詞，得到的答案則都是相對的。你要站在誰的立場看？也就是，是對哪一個分類有利？

大敘事消失了。一切堅固的都已經煙消雲散了。身處碎片化、分類的都會裡，一切僅僅是王菲的一句歌詞，「相聚離開／都有時候／沒有什麼會永垂不朽。」

這就是《人質卡農》裡不時透露的質問，以及其答案。

神死去了。價值觀毀滅了。我們迎來現代生活，也迎來了鬼的世界。〈漏心〉裡的現代公寓，其實就是都會人的精神結構地圖——相關的公寓藍圖，回頭你也可以在台灣文學八、九〇年代到新世紀作品中找到，無論張大春、黃凡、林燿德還是陳雪，從公寓導遊到摩天大樓，攤開來乍看是平面圖上住戶名單，其實是人類生活的精神報告——〈漏心〉最恐怖的不正是，你以爲存在的住戶可能不存在。但不存在的，又以它的方式存在。所以有「鬼」。鬼是錯漏，是殘餘，是誤解，是物質與精神，是人與人，是類與類之間的不對稱、捍格與矛盾。是口嫌體正直。花生省魔術。是於理不和。偏於世能容。是大錯特錯，偏負負得正。

罪的發生學

現在我們可以談論傷害，或是「罪」的發生。

都會生活裡，異常才是日常。不連結是最大的連結。世界的結構更複雜了。作用於《人質卡農》裡，各篇小說裡的傷害，便體現爲一種力的推移。是骨牌效應。罪和傷害不是那麼直接了，於是尋找動機和犯罪推論更困難了。〈八月的雪〉中少年充被車子撞了，是因爲在校園受到霸凌，慌亂間跑到馬路上，因此少了一條腿。追究起來，這到底要怪開車的人，還是霸凌他的學生？〈人質卡農〉裡修車技師佐佐木修一被凶手選爲替罪羊，只因爲他一念之仁記住了響葫蘆是失智老人最心愛的玩具，又想把響葫蘆還給老人……這樣的傷害無比幽微，而被傷害的原因則難以深究，那讓所謂的「推理」不只是物理詭計，進而進入社會脈絡，以及現代人的心理。心成爲最大的謎團。

就算你窮究一切想探究爲什麼，但宮部美幸式追索眞相的終點，並非通往原因。宮部式關於罪以及傷害的思索在《人質卡農》中透露出更多發展的線索，那就是，知道爲什麼並不能解決一切。很多時候，甚至不存在爲什麼。恰如〈人質卡農〉裡凶犯爲何搶劫？爲何開槍？「搶劫的動機是缺錢玩樂，也想試試開槍的滋味」，〈往事〉中更直接透過敘述者之口告訴我們：「孩子之間的霸凌往往沒有任何理由。」

往往沒有任何理由。那預告了二〇〇一年小說家筆下《模仿犯》的誕生：「眞正的惡，就是沒有任何理由。」時代列車轟然往前，宮部美幸採集了世紀末日本紛繁瀕亂的諸種現象，剝落城市生活以爲日常，其實只是麻痺的外衣，在這些短篇中，豈止 COLLECTION，小說家正醞釀能量，或者說，是一種宣告：此前以及到很久以後的將來，宮部美幸正步步進逼人類的終極黑暗之心。

作者簡介

陳栢青

一九八三年台中生。台灣大學台灣文學研究所畢業。出版有長篇小說《尖叫連線》、散文集《Mr. Adult 大人先生》。另曾以筆名葉覆鹿出版小說《小城市》。

宮部美幸

作品集／71

Miyabe Miyuki

人質卡農

國家圖書館出版品預行編目資料

人質卡農／宮部美幸著；李彥樺譯. - 初版.- 臺北市：獨步文化：家庭傳媒城邦分公司發行, 民 110.2
面；　公分. --（宮部美幸作品集：71）
譯自：人質カノン
ISBN 978-957-9447-99-7（平裝）

861.57　　　109018910

HITOJICHI KANON
by MIYABE Miyuki

原著書名／人質カノン・作者／宮部美幸・翻譯／李彥樺・責任編輯／陳盈竹・行銷業務部／徐慧芬、陳紫晴・編輯總監／劉麗眞・總經理／陳逸瑛・榮譽社長／詹宏志・發行人／涂玉雲・出版／獨步文化 城邦文化事業股份有限公司　台北市中山區104民生東路二段141號5樓 電話／(02) 2500-7696 傳眞／(02) 2500-1966; 2500-1967・發行／英屬蓋曼群島商家庭傳媒股份有限公司城邦分公司 台北市中山區民生東路二段141號11樓・讀者服務專線／(02)2500-7718; 2500-7719・服務時間／週一至週五：09：30-12：00、13：30-17：00・24小時傳眞服務／(02)2500-1990; 2500-1991・讀者服務信箱 e-mail／service@readingclub.com.tw・劃撥帳號／19863813 書虫股份有限公司・香港發行所／城邦（香港）出版集團有限公司 香港灣仔駱克道193號東超商業中心1樓／(852) 25086231 傳眞／(852) 25789337 E-mail／hkcite@biznetvigator.com 馬新發行所／城邦（馬新）出版集團 Cite (M) Sdn. Bhd. 41, Jalan Radin Anum, Bandar Baru Sri Petaling,57000 Kuala Lumpur, Malaysia. 電話／(603) 90578822 傳眞／(603) 90576622・封面設計／蕭旭芳・排版／游淑萍・印刷／中原造像股份有限公司・2021年（民110）2月初版・定價／360元

Printed in Taiwan　ISBN 978-957-9447-99-7

廣 告 回 函
北區郵政管理登記證
台北廣字第000791號
郵資已付，免貼郵票

104台北市民生東路二段 141 號 2 樓

英屬蓋曼群島商家庭傳媒股份有限公司
城邦分公司

請沿虛線對摺，謝謝！

書號：1UA071	書名：人質卡農	編碼：

請於此處用膠水黏貼

獨步文化 APEXPRESS

讀者回函卡

謝謝您購買我們出版的書籍！

請費心填寫此回函卡，我們將不定期寄上城邦集團最新的出版訊息。

姓名：______________________ 性別：□男 □女

生日：西元________年________月________日

地址：______________________________________

聯絡電話：____________________ 傳真：______________

E-mail：______________________________________

學歷：□1.小學 □2.國中 □3.高中 □4.大專 □5.研究所以上

職業：□1.學生 □2.軍公教 □3.服務 □4.金融 □5.製造 □6.資訊

□7.傳播 □8.自由業 □9.農漁牧 □10.家管 □11.退休

□12.其他 ______________________________

您從何種方式得知本書消息？

□1.書店 □2.網路 □3.報紙 □4.雜誌 □5.廣播 □6.電視

□7.親友推薦 □8.其他 ______________________

您通常以何種方式購書？

□1.書店 □2.網路 □3.傳真訂購 □4.郵局劃撥 □5.其他

您喜歡閱讀哪些類別的書籍？

□1.財經商業 □2.自然科學 □3.歷史 □4.法律 □5.文學

□6.休閒旅遊 □7.小說 □8.人物傳記 □9.生活、勵志 □10.其他

對我們的建議：______________________________

____

____

為提供訂購、行銷、客戶管理或其他合於營業登記項目或章程所定業務需要之目的，家庭傳媒集團（即英屬蓋曼群島商家庭傳媒股份有限公司城邦分公司、城邦文化事業股份有限公司、書虫股份有限公司、墨刻出版股份有限公司、城邦原創股份有限公司），於本集團之營運期間及地區內，將以mail、傳真、電話、簡訊、郵寄或其他公告方式利用您提供之資料（資料類別：C001、C002、C003、C011等）。利用對象除本集團外，亦可能包括相關服務的協力機構。如您有依個資法第三條或其他需服務之處，得洽詢本公司服務信箱cite_apexpress@cite.com.tw請求協助。相關資料不提供亦不影響您的權益。

□我已詳讀權利義務之相關條款，並同意遵守。

請於此處用膠水黏貼

宮部みゆき